だいわ文庫

草紙屋薬楽堂ふしぎ始末

絆の煙草入れ

平谷美樹

大和書房

目次

【江戸の本屋】（えどのほんや）

江戸時代の本屋は、今でいう出版社（版元）であり、新刊の問屋も兼ねた小売店でもあり、同時に古書の売買までも広く手がけた。主として内容の硬い本を扱う書物屋（書物問屋）と、大衆向けの音曲や実用書、読本などを中心に扱う地本屋（地本問屋）とが、幅広く印刷物を作成・販売し、大きく花開いた江戸の出版文化を支えた。

【戯作者】（げさくしゃ・けさくしゃ）

戯作とは江戸時代後期から明治初期にかけて書かれた小説などの通俗文学のことで、戯作者はその著者。作家である。

草紙屋薬楽堂ふしぎ始末　絆の煙草入れ

娘幽霊　初春の誑《たばか》り

一

時は文政《ぶんせい》。江戸で町人文化が大きく花開いた時代である。

浅草御米蔵前元旅篭町二丁目の西に、小石川富坂町代地があった。浅草なのに〝小石川〟を冠しているのは、文化《ぶんか》十四年に、元地の小石川富坂町が焼失したための代地だからである。小石川富坂町は御家人拝領町屋が多かったので、浅草の代地にも御家人が多く移り住み侍の家が多かった。

元旅篭町二丁目との間の道から少し入った所に小普請組《こぶしんぐみ》中野《なかの》勝之《かつの》慎《しん》の家があった。

小普請とは、小さな修築工事などを無役の者に課すことを言う。小普請組は、万が一戦になった場合は兵として戦うが、平時は実質の仕事もない閑職である。

無役であるが、家禄はあった。しかし、それだけで家族を養うのは苦しい。役につけば役高、役扶持《ぶち》などが入るので、多くは足繁く組頭の元へ通い、付け届けを行った。

なんとかして早く役にありつこうと必死だったのである。

だが、付け届けをしようにも先立つ物がない小普請たちは内職をして家計の足しとした。

勝之慎もそんな者の一人であった。

内職は筆工《ひっこう》である。この時代さかんに出版されるようになった本を摺るための版木の、版下の文字を書く職人であった。


曇天の黄昏時。師走の小石川富坂町代地は青い闇に沈もうとしていた。降り積もった雪がわずかな光を反射して、道や屋根ばかりがぼんやりと白い。

近くに住む鈴木《すずき》何某《なにがし》という侍が提灯《ちょうちん》を持って中野家のある小路の入り口に差しかかった。

鈴木は人影を認め、びくりとした。

目を凝らしてみると、板塀の続く小路に一人の女の姿があった。

ほとんど影になっていたが、仄《ほの》かな雪明かりに裾の子持ち格子《ごうし》と黒い塗り下駄と紅い鼻緒、白い素足が浮かび上がっている。

着物と素足に下駄という様子を見れば、町方の娘である。

武家の家ばかりのこの辺りに、こんな黄昏時、なんの用があるのか――。

鈴木は立ち止まって娘の様子をうかがう。

中野家の前に立っているところをみると、届け物でもあるのか？

しかし、それにしては手ぶらで、中に声をかけるふうでもない。

顔は真っ直ぐに中野家の門に向いているようである。誰かが出てくるのを待っているのか？

目を凝らすと、白い両手を前で組んでいるのが見える。左手を握る右手に、ずいぶんと力が入っている様子であった。

なにか思い詰めている——？

鈴木は不審に思って提灯を差し上げる。

「誰《たれ》か？」

誰何《すいか》すると、女はすっと後ずさって路地に消えた。

声をかけた途端に逃げるのは怪しい。

盗賊の下見かもしれない——。

腕っ節に自信のない鈴木は一瞬躊躇《ちゅうちょ》した後、意を決して路地に駆け込んだ。

提灯の明かりの中に女の姿は無かった。

路地は福富町二丁目に続く小路に繋がっているが、すでに闇に覆われていて見通しがきかない。鈴木はそれ以上追うのをためらった。

もし盗賊の仲間が暗がりの中に隠れていたら——。そう思ったのである。

同時に、鈴木は中野家に関わるある噂を思い出し、ぞっとした。

盗賊の下見よりも、その方があり得る話であると思った。

「くわばら、くわばら……」

そう呟くと、そそくさと路地を出て家に帰った。

その翌日。やはり黄昏時である。

今度は佐々木《ささき》何某という男が中野家に入る小路に差しかかり、薄暗い路地に女の影を見つけてぎくりとする。

「誰《たれ》か？」

と聞いた途端、女は後ずさって路地に消える――。

そんなことが数日続いた。

『中野の家の前には若い女の幽霊が出る』

富坂町代地に住む侍たちの間にそういう噂が広まった。

二

元旦。晴れ渡った空の下、昨夜積もった雪に下駄の跡を残しながら、一人の若い女が通油町を歩いていた。両腕で四角い風呂敷包みを大事そうに抱え、紅を引いた口元からは白い息が吐き出されている。

年の頃は二十歳を少し出たくらいであろうか。裾に愛宕下の竹藪の雪景を描いた黒留袖。首元の紅い半襟が鮮やかだった。麻の葉模様の羽織。甲螺《ばい》髷《まげ》に黒漆《くろうるし》の櫛と赤い珊瑚《さんご》玉の簪《かんざし》を挿《さ》している。櫛には歌がるたの文様が描かれていた。

名を鉢野《はちの》金魚《きんとと》という。ふざけたその名は筆名である。昨年の暮れに幾つかの貸本屋で扱った、【春爛漫　桜下《おうか》の捕り物】の第一巻と、版元である草紙屋《そうしや》薬楽堂《やくらくどう》で売り出された第二巻で念願の戯作者になった女であった。戯作とは、江戸時代の中頃から江戸で流行《はや》った通俗文学のことであり、戯作者は今で言うところの小説家である。

町は静まりかえっている。

大晦日をどんちゃん騒ぎで過ごした町人たちは朝寝を決め込んでいるのである。現代と違って、初売りは正月二日。江戸中の店は蔀《しとみ》を下ろしていて、背の高い竹を立てた門松だけが寂しげに門口に立っている。

時折すれ違うのは、寒い中に深川洲崎へ初日の出を拝みに行った帰りや、大名行列を見物しに行く物好きな人々である。元旦に忙しいのは、明け六ツ（午前六時頃）から登城し、将軍に年賀の挨拶をする大名や武家ばかりであった。

「あの……」

後ろで遠慮がちな声が聞こえた。

振り返ると、若い男が立っていた。上等な生地の鼠色の鮫小紋に山桃色の襟巻きをした、大店の若旦那風の男である。瓜実顔《うりざね》で眉は薄く、腫れぼったい一重の目蓋《まぶた》に細い鼻梁。手には金魚と同じように風呂敷包みを抱えている――。

金魚の知り合いではないが、こっちを見てなにやらもじもじしている様子を見ると、人違いではないらしい。

「あたしに用かい？」

金魚は立ち止まって男に向き直った。

男は「あの……」を繰り返し、少しの間用件を言い出せずにいたが、決心したかのように表情を引き締めると、

「あの……、もしかして【春爛漫　桜下の捕り物】の鉢野金魚さまじゃございませんか？」

と言った。

その言葉に、金魚はにっこりとする。

「あたしの本を読んでくれたのかい？　嬉しいねぇ」

「やっぱり、鉢野金魚さまでございましたか」

男はほっとしたように言って口元に笑みを浮かべた。その目はきらきらと輝いている。

「本を読んでくれたのは嬉しいが、〝さま付け〟はやめてもらえないかねぇ。金魚さんでいいよ」

「いえいえ。〝さん付け〟など恐れ多く、とてもできません。〝さま付け〟で呼ばせてくださいませ」

「そうかい」

と金魚は言ったが、実はまんざらでもない。自分を鉢野金魚と知って声をかけてきた読み手はこの男が初めてであったし、憧れの眼差しで見られることなどここしばらく無かったからである。

「ところで、なんであたしが金魚だと思ったんだい？　あんたとは初めて会ったと思うけど」

金魚は少し警戒しながら言う。現代とは違い、本に著者近影の写真などつかない時代である。有名戯作者ならば大首絵なども売られているから顔を知られていてもおかしくはなかったが、金魚はまだ駆け出しも駆け出し。本は【春爛漫——】だけである。

「ご不審はごもっともでございます……。手前は日本橋高砂町の帳屋、益屋《ますや》大五郎《だいごろう》の息子で、慎三郎《しんざぶろう》と申します」

帳屋とは今で言う文房具屋のことである。

「ああ、益屋さんの」

金魚は肯いた。益屋は日本橋界隈では一、二を争う大きな帳屋である。

「わたしは金魚さまのお作に心を奪われまして……」慎三郎はおどおどした様子で言う。

「こんな面白い戯作を書いた方はどんな方なのだろうと思い、店の用事で薬楽堂さんの前を通りかかった時など、陰から様子をうかがっていたのです。何度かそんなことを繰り返しているうちに、あなたさまが金魚さまであるらしいと分かり……」

「なんだい。陰から覗いてないで、店に入りゃあよかったんだよ。あたしは三日にあげず薬楽堂に来てるよ」

「いえ。それが、そうもできない事情があるのでございます」

慎三郎の顔が曇る。

「なんだい、その事情ってのは？」

「その……、父が戯作をたいそう嫌っておりまして……」

「ああ。あんたが戯作を読んでいると、そんなもの読んでいねぇで商売に身を入れなって叱られるのかい」

「はい……。ですから、金魚さまのお作はこっそり手代に頼んで買わせ、寮に届けさせました」

時代劇などで「巣鴨の寮」とか「向島の寮」などというものがよく登場するが、寮とは別荘のことである。

「なるほどね。お父っつぁんの目を盗んで、寮で戯作を読みふけっているのかい」

「はい……。色々と用を作って十日に一回ほど泊まり込みます」

慎三郎は恥ずかしそうに目を伏せる。

「ってことは、あんたはもともと戯作が好きだってことだね。寮にはさぞかしたくさんの本が積み上げられているんだろうね。それから、寮の細々としたことを任されている者は、よく貸本も読んでいる――。たぶん、寮に出入りしている貸本屋もいるんだろう?」

「……なぜそれをご存じで?」

慎三郎は驚いた顔で金魚を見た。

「簡単な推当《おしあて》さ」金魚は得意げな顔で言う。推当とは、推理のことである。

「だって、あたしの本は去年の暮れに出たばっかり。一巻目は貸本だったしね。二巻目を買ったということは、一巻目も読んだってこと。きっと寮を任されている者が読んでみて、あんたに勧めたんだろう。それに、ほかの本も読んでなきゃ、十日に一度、寮に泊まるってことはない。あたしの本以外にもたくさん読んでるね」

「はい……。ご明察でございます。申しわけございません」

と慎三郎は腰を折る。

「謝ることとなんかないさ。あんたが好きな戯作者の一人に加えてもらって、あたしは嬉しいよ」

「そんな……」

慎三郎は顔を真っ赤にした。

「お父っつぁんに知られちゃまずいんなら、ここで長い立ち話をしてるわけにもいかないねぇ。誰かに見られて告げ口をされたら大変だ」

「左様でございます」慎三郎ははっとしたように辺りを見回す。

「両国のお得意さまへ筆と墨をお届けする途中でございました。これにて失礼いたします――。お目に掛かれて、嬉しゅうございました」

慎三郎は深々と頭を下げると、小走りにその場を去る。

「これからも、ご贔屓《ひいき》さんでいておくれよ」

金魚がその後ろ姿に声をかけると、慎三郎は立ち止まって振り返り、

「もちろんでございますとも」

と答え、先ほどよりも深く頭を下げた。

金魚はいい気分で踵《きびす》を返し、薬楽堂に向かって歩き出す。

「年の始めに初めて声をかけてくれたのがあたしのご贔屓さんだなんて、こいつは春から縁起がいいや」

金魚は弾むような足取りで雪に二の字の跡を残した。

金魚は、木綿や茶、蝋燭《ろうそく》の問屋が並ぶ大丸新道と大門通りの辻へ来ると、〈草紙屋薬楽堂〉という看板を掲げた店の、蔀《しとみ》の潜り戸を押した。

草紙屋とは、庶民うけする歌舞伎や浄瑠璃の筋を使った娯楽読み物や錦絵などを中心に出版し、小売りも行う本屋のことであったが、上方での呼び名である。江戸では地《じ》本屋《ほんや》といった。

江戸であえて草紙屋の名を冠したのは、ほかの地本屋との差別化を図るために大旦

那の薬楽堂長右衛門《ちょうえもん》が思いついた細工であった。

使用人は宿下がりしているので、店の中は暗く冷え冷えとしていた。棚に並べた草紙や、ぶら下げられた錦絵がぼんやりと見えた。

金魚は通り土間を抜けて中庭に出る。繁忙期に摺《す》り師《し》が詰める小屋の屋根や、少しばかりの植え込みにも雪が積もっていたが、離れに向かう道筋は踏み固められて小径《こみち》ができていた。

小径の真ん中は圧雪が凍りついてつるつるになっていたから、金魚は端のまだ柔らかい所を歩く。朝日は建物に遮られて中庭には届いておらず、離れの障子が室内の明かりを透かしていた。沓脱石《くつぬぎいし》には男物の下駄が二つ並んでいる。

薬楽堂の前の店主長右衛門と、居候の戯作者本能寺無念《ほんのうじむねん》の履き物だと、金魚はすぐに察した。

金魚が沓脱石に上がると、声もかけないうちに中から声が聞こえた。

「金魚か？」

長右衛門の嗄《しわが》れた声である。

「そうだよ」

濡れ縁に上がってしゃがみ込み、下駄の向きを変えて、金魚は障子を開けた。

本を横積みにした棚が並ぶ離れ座敷の中には、案の定、長右衛門と無念が座っていた。

　無念は、元旦だというのにいつものような薄汚い姿である。髷に結った総髪は寝起きなのかずいぶん乱れている。無精髭がせっかくの美形を台無しにしていた。両滝縞《りょうたきじま》のよれよれの木綿の着物を着てあぐらをかき、大柄な体を丸めるようにして股火鉢をしている。蝋燭《ろうそく》の明かりで熱心に本を読んでいた。

　長右衛門は白髪白髷。紫の頭巾に生壁色《なまかべいろ》の小袖に黒茶の軽衫《カルサン》。鼈甲《べっこう》の眼鏡を鼻に載せ、こちらも本を読んでいた。

「明けましておめでとう。今年もよろしく頼むよ」

　金魚は濡れ縁に正座して深々と頭を下げたが、二人は「ああ」とか「おお」とか、言うだけで顔も上げない。

「来る道であたしのご贔屓さんに会ったんだよ。お父っつぁんが戯作嫌いであたしの本を読んでいると叱られるから、寮に隠れて読んでるんだってさ――」

　金魚は座敷に上がって火鉢で手を焙った。

　無念も長右衛門も「そうかい」とか「よかったな」とか素っ気ない言葉を返す。

「なんだい。失礼な奴らだね」

　つい今し方までのいい気分が吹き飛んで、金魚は頬を膨らませて障子を閉めた。

　二人が読んでいるのは稿本――、草稿と呼ばれる手書きの原稿を袋とじにして糸でかがったものである。

「誰の戯作だい？」

金魚は無念の横に座り稿本を覗き込んだ。

流麗な女文字である。

女戯作者――。金魚はすわ商売敵かと思ったが、二行、三行読んでみるとどうも随筆のようであった。

「戯作じゃねぇが、ちょいと知り合いから頼まれてな」

長右衛門は稿本を閉じて金魚を見た。そしてその横に四角い風呂敷包みがあるのを見て、驚いた顔をする。

「ちょっと待て。草稿にしてはずいぶん厚いじゃねぇか」

風呂敷包みの厚さは五寸（約一五センチ）ほどあった。

「手間を省こうと思ってさ」

金魚は風呂敷包みを解き、中から現れた八冊の本を四冊ずつに分ける。表紙には金魚の字で、【春爛漫　桜下の捕り物　巻之三】、【春爛漫　桜下の捕り物　巻之四】と記されていた。

「お前《め》ぇ、稿本の写しももう書いちまったのか？」

「そうだよ」

金魚はけろっとした顔で言った。

この時代、本を出版する時にはその内容を本屋仲間の吟味にかけなければならない。

行司と呼ばれる代表者が、既存の本と内容がかぶって権利を侵害していないかどうかなどを審査するのである。その審査のために、本屋は稿本の写し――副本を三部用意して行司に提出する決まりであったが、金魚はその写しまでも書き上げてしまったと言うのだ。

「三冊は行司へ。もう一冊は筆工へ」

「おいおい」無念も手にしていた稿本を閉じ、脇に置いた。

「おれたちは三巻、四巻の草稿もまだ読んでねぇぜ」

「何度も推敲したから、あんたらに読んでもらうまでもないよ。完璧な草稿だから、副本まで書いちまったのさ」

と金魚は胸を反らした。

「一巻、二巻の草稿は、おれたちの直しで真っ赤にされたくせに。それを忘れたのか」

無念はしかめっ面をした。

「今のあたしは、一巻、二巻を書いていた頃の金魚さんとは別人なんだよ。さぁ、こいつをさっさと行司に持っていっておくれ」

「お前ぇ、ばかじゃねぇのか?」

長右衛門は片眉を上げて金魚を見た。

「元旦早々、ばかはねぇだろう!」

金魚は片腕をまくって、喧嘩腰である。

「その元旦だよ。誰も彼も休みの日でぇ」

「あっ……。そうか。言われてみれば確かにそうだ」

金魚はぺろりと舌を出した。

「それに、まだ三巻、四巻を出すって決まってねぇだろう」長右衛門が言った。

「初売りで二巻の動きを見てからだ」

「へっ」金魚は鼻で笑う。

「貸本の一巻は、順番待ちが凄いって聞いたし、二巻は去年の暮れにだいぶ売れたじゃないか。初売りで初刷分は全部売れて、去年のうちに増刷しておかなかったことを後悔するよ」

「お前ぇのその自信はどこから来るんだ」

無念は呆れ顔である。

「草稿はできていたにしても――。副本を八巻、いつの間に書いた?」

長右衛門は三巻の副本を取ってぺらぺらと捲《めく》る。

「あたしは筆が速いんだよ」

「毎日何人にも文《ふみ》を書いてりゃあ、筆も速くなるわなぁ」

無念が言った。

金魚がさっと無念に顔を向け、鋭い目つきで睨んだ。

無念はしまったという顔をする。

「なんの話でぇ?」

長右衛門は二人の顔を交互に見た。

「旦那が死んでから、文の代筆をして小銭を稼いだ時期があるんだよ」

金魚は誤魔化した。

金魚は以前、吉原の遊女であった。遊女は昼見世《みせ》の前、夜見世の前の短い時間に、贔屓の客にあてて手紙を書く。客の心を繋ぎ止めるための手管である。無念はそのことを言ったのだが、金魚の前身が遊女であったことは秘密にするという約束を交わしていた。

長右衛門にそのことが知られれば、必ず〈元遊女〉という身の上を戯作の売り文句にされるに決まっている。金魚はそれが嫌だったのである。腕一本で戯作の世界で勝負したかったのだ。

「そうかい」

長右衛門は金魚が代筆屋をしていたという嘘をあっさりと信じたようだった。

「三冊は行司、一冊は筆工へって言ったが、版下はお前ぇが書くんじゃないのか？」

無念が訊いた。

金魚は字が上手いので【春爛漫　桜下の捕り物】の一巻、二巻の筆工も務めた。

「三巻と四巻の版下は、別の筆工に頼みたいんだ」

「なんで？」長右衛門は訊く。

「お前ぇの字で十分じゃねぇか」

「三巻、四巻には捕り物の場面があるからね。女文字よりも、武張った男文字の方がいい。あんたの【大楠公《だいなんこう》　湊川の別れ】の筆工は誰だい？」

金魚は無念に訊いた。

「中野勝之慎っていう侍《さむれえ》だ」

答えたのは長右衛門である。

この時代、戯作や筆工など、出版に関わる副業をする侍は多かった。

戯作をする武家は手慰みに筆を取る者がほとんどであったが、版下の筆耕《ひっこう》を副業とするのは下級武士で、食うために仕方なくという者ばかりであった。

「その中野さんに頼みたいね。あの字は、大立ち回りの場面にぴったりだよ」

「まずは、読んでからだ。直しが多けりゃ、稿本も写しもやり直しだからな」

長右衛門は自分が読んでいたものと無念が読んでいた稿本を脇によけて、【春爛漫桜下の捕り物　巻之三】の副本を取り上げた。

「そっちはいいのかい？」

金魚は二人の読みかけの稿本に目をやる。

「ああ」

と長右衛門は少し困った顔をした。

「こいつは本にできねぇよ」

無念は肩をすくめる。

「なんで？　二、三行読んだだけだけど、文《ぶん》はしっかりしてるじゃないか」

金魚は訊いた。

「問題は中身だ」長右衛門は溜息をつく。

「お上やお公家に対する批判がてんこ盛りなんだよ」

「へぇ。女だてらに骨のあるものを書く人もいるんだねぇ」

「馬《ば》琴《きん》先生にもずいぶん気に入られていたようなんだがな」

長右衛門が言う。

「えっ？」金魚は目を見開く。

「曲亭《きょくてい》馬琴先生に読んでもらったのかい？」

曲亭馬琴――、滝沢《たきざわ》馬琴は【椿《ちん》説《せつ》弓《ゆみ》張《はり》月《づき》】や【俊《しゅん》寛《かん》僧《そう》都《ず》嶋《しま》物《もの》語《がたり》】などを書いた戯作者である。この頃は【南《なん》総《そう》里《さと》見《み》八《はっ》犬《けん》伝《でん》】の執筆をしていた。【八犬伝】は文化十一年（一八一四年）から天保《てんぽう》十三年（一八四二）にかけて九輯《しゅう》百六冊で書き綴られた物語であり、新刊が出るたびに江戸中が大騒ぎになるほどの人気を誇っていた。

金魚は嫉妬の目で長右衛門の脇に置かれた二冊の稿本を見る。今をときめく曲亭馬琴に認められた女――。

「なんて女が書いたんだい？」

「只《ただ》野《の》真《ま》葛《くず》」

長右衛門がぼそっと言う。

「聞かない名だね。どんな本を出してるんだい？」

「本は出してねぇと思う。あったとしても写本だな」

「なんだい」

金魚はほっと溜息をついた。

馬琴に認められたといってもまだ自作を世に問うていないのであれば、あたしの方が上じゃないか――。そう思ったのである。

「まぁ、綾子《あやこ》さまのことは、じっくりと策を練ってからだ」

長右衛門は眉間に皺《しわ》を寄せた。

「綾子さま？」

金魚は片眉を上げる。

「只野真葛の本名だとよ」無念がにやにや笑う。

「大旦那の幼なじみなんだとさ」

「なんだい」金魚は頓狂な声を上げた。

「只野真葛は婆ぁかい」

「婆ぁとはなんだ」

長右衛門はむっとした顔をして、金魚の副本を畳の上に置くと、真葛の稿本二冊を大事そうに手に取り棚の一番上に載せた。

「まずはお前ぇの戯作だ」

長右衛門は座り直し、金魚の副本を手に取った。

「これから読んで朱《あか》を入れる。朱が少なけりゃあ副本に書き込んでそれを行司に渡す。多ければ一から書き直しだ」

「それでいいよ。もっとも、朱なんか一文字も入らないだろうけどね」

金魚は自信満々に答えた。

三

初売りでの【春爛漫　桜下の捕り物　巻之二】の売り上げは思いの外よく、一巻、二巻とも増刷が決まった。

「こいつは春から縁起がいいやい」

と、大喜びをした金魚だったが、しかし――。

八冊の副本は全て糸を解き、反古紙《ほご》となった。

長右衛門と無念から大幅な書き直しを命じられたのである。

だが、増刷で気をよくした金魚は、いい気分で書き直しをし、三日で仕上げて再提出をした。

その後、二度の書き直しをして、長右衛門と無念の点検を受けた後、金魚は三巻、四巻の副本を三冊ずつ書いた。

六冊の副本が行司に渡されたのが十日。出版の許可が出たのが二十日。金魚は三日ほどで筆工に渡す副本を書き上げ、薬楽堂へ届けた。

「最初《はな》っからおれたちに見せていれば副本を作る手間が一回省けたのによ」

離れの座敷で、無念は副本をぺらぺらと捲りながら言った。

「手間じゃないさ。いい手習いになったよ」

金魚は負け惜しみを言う。

「まぁ、次からは副本を書く前にちゃんと見せな」

長右衛門は二冊の副本を風呂敷に包み、煙管《きせる》に煙草を詰めて手焙《てあぶり》の炭で火を点《つ》けた。

「他人《ひと》の戯作とかぶるところなんか、これっぽっちもないんだ」

金魚はしかめっ面をしながら右手の親指と人差し指で半寸（約一・五センチ）ほどの隙間を作る。

「行司に見せる必要なんかないんだよ」

「かぶるところがねぇのは分かってるよ」と長右衛門は煙を吐き出す。

「だが、そういう決まりなんだよ。版元が行司に見せることはねぇって判断して勝手に本を出しているとその決まりがなし崩しになる。そして盗作があっちこっちで出回ることにならぁ。無駄なように思えるが必要な手間なんだ」

「そんなもんかねぇ」

金魚は不満そうである。

「そんなもんだ」

長右衛門は掌に煙管の羅宇《らお》を打ち付け、灰を落とした。吸い口から息を吹き込んで煙道を通す。

「世の中の連中は、なにかっていうと決まりや御定法《ごじょうほう》が間違ってるって言うが、おれに言わせりゃあそれは浅薄な考えだ。なぜその決まりができたかよく考えもせずに文句を言うのはばかのやることとさ」

「あたしがばかだってのかい」

金魚は膨れっ面をする。

「ほれ、そうやって言葉の上っ面ばかりしか聞かねぇ。お前ぇももう戯作者の仲間入りをしたんだから、もっと深い所まで考えな」

「うん……」

戯作者の仲間入りをしたという言葉に、金魚の表情が少し緩んだ。

「なんでぇ」無念がにやにや笑う。

「いつだったかは、十作出すまでは戯作者と名乗らねぇって言ってたくせに」

「うるさいねぇ」

金魚は無念を睨んだ。

「そいつはいい心がけだが――」長右衛門は言った。

「それじゃあ、戯作者と名乗る頃には婆ぁになっているかもしれねぇぜ」

「なに言ってやがる。すぐに人気戯作者になって、あっという間に十作書いてやるよ」

金魚は顎を突き出した。

「そいつは楽しみだ。せいぜい儲けさせてもらうぜ」

長右衛門はからかうように言って副本の風呂敷包みを膝の上に載せ、ぽんぽんと叩いた。

「こいつはすぐに清之助《せいのすけ》に言いつけて中野さんに届けさせる」

清之助は薬楽堂の番頭である。

「あたしが行くよ」

金魚は、煙管に新しい煙草を詰める長右衛門に言った。

「色々と注文をつけたいからね」

「それじゃあ、お前ぇがついて行きな」

長右衛門が煙管で無念を指した。

「なんでおれが」無念は唇を尖らせた。

「清之助が行きゃあいいだろう」

「中野さんの所へ副本を届けるだけなら、それほどの時はかからねぇ」長右衛門は煙管をくわえ、手焙に雁首を突っ込む。

「だが、金魚は注文をつけてぇって言う。だとすりゃあそのお喋りに一刻《とき》（約二時間）はかかるだろう。中野さんの家は小石川富坂町代地。浅草御米蔵前だ。ここから浅草まで一里（約四キロ）と少しの往復を足せば二刻はかかる。その間の店番を清之助に任すかお前ぇに任すかって考えりゃあ、お前ぇよりも客あしらいの上手ぇ清之助に軍配が上がらぁ」

「寒い中、小石川くんだりまで出かけたくねぇよ」

無念は背中を丸めて火鉢を抱きかかえる。

「中野さんは気位が高ぇ。小生意気な女が訪ねて行けば臍《へそ》を曲げるかもしれねぇ」長右衛門は鼻穴から盛大に煙を吐いた。

「お前ぇは中野さんと昵懇《じっこん》だ。金魚がなにか粗相をしたら、上手く言い繕ってやれ。下手をすりゃあ、薬楽堂とはもうつき合いをしねぇなんて言われるかもしれねぇからな」

四

金魚は御高祖頭巾《おこそずきん》、無念は縮緬《ちりめん》の襟巻きをして薬楽堂を出た。空気は身を切るように冷たい。

「ちくしょう。川風が身に染みるぜ。やっぱり清之助に行かせるんだったぜ」

無念は身を縮めてぼやきながら浜町堀に架かる汐見橋に足を踏み出した。

「大袈裟だねぇ。川風が吹くほど大きな川じゃないよ」

金魚は笑う。

「気分だよ。気分。夏ならば少しは涼しい気分にもなるが、こんな寒い日に橋なんか渡りたかねぇよ」

「この先、柳橋も渡るんだ。神田川は浜町堀より大きいよ。それに右側はすぐ大川だ。それこそ川風が吹いているだろうよ」

「ちくしょう」

無念はもう一度言って、早足で橋を渡る。

「仕方がないだろう。あんたは薬楽堂の居候なんだから。寒空の下を歩きたくなきゃあ、もっと売れなきゃね」

金魚はからかうように言って後を追う。

二人はそこから真っ直ぐ進んで両国広小路に出た。

芝居小屋や見世物小屋の建ち並ぶ広小路は、踏み固められた雪の上を大勢の見物客たちが往き来していた。

「松の内もとうに過ぎたってのに、世の中には浮かれ遊んで暮らしていける奴らもいるんだねぇ」

金魚は形のいい鼻に皺《しわ》を寄せる。

「廓内《なか》にいるうちは、そういう奴らをたくさん見てるだろうよ」

無念は言った。

「しっ！　その話は口にしない約束だよ」

　金魚は無念の袖をくいと引いた。

「誰も聞いちゃいねぇよ」

　金魚は以前、梶《かじ》ノ葉《は》太夫という吉原の遊女であった。

　山下御門前にある呉服問屋、大松屋《おおまつや》の主人に身請けされ神田紺屋町の仕舞屋《しもたや》で妾として暮らした。しかし、五年ほどで旦那が死に、正妻がやってきて今後一切大松屋とは関わりがないと念書を取り、金魚を紺屋町の家から追い出した。縁切りの金はたんまり頂いたが、使えば減りいつかは底をつく。それで好きな戯作で身を立てようと、草稿を書き始めたのであった。

　金魚と無念は柳橋を渡る。橋から上流の浅草橋辺りの川岸には船宿や料理茶屋が並び、猪牙舟《ちょきぶね》や楼船《ろうせん》が何艘も舫《もや》われていた。吉原や深川の岡場所へ客を送る舟の溜まりである。

「大旦那は、中野勝之慎は気位が高いって言ってたけど、どんな人なんだい」

「気をつけな。呼び捨てになんかしたら、怒鳴りつけられるぜ」

「本人の前で呼び捨てなんかするもんかい」

「勝之慎さんは気位が高いってより偏屈なんだ。今は小普請組だが、父上の慎之介《しんのすけ》さまは勘定方の役人だった。ところが慎之介さまの不手際のせいで勘定方の役を免ぜられた。いわゆる御咎《おとがめ》小普請ってやつだな。慎之介さまが小普請入りして以後、勝之慎さんの代になっても役に縁がねぇ」

「役無しの穀潰しのくせに、侍風を吹かせてる鼻持ちならない奴ってわけかい――。不手際ってなにをやったんだい？　勘定方だったら、商人《あきんど》との癒着かなんかかい？」

「表向きはな」

「裏はなんだい？」

「町娘をお手討ちにしたっていうのがもっぱらの噂だ」

当時、無礼を受けた侍は、その相手を斬り捨てても処罰されないことになっていた。現代では〈斬捨御免《きりすてごめん》〉で知られている制度だが、当時そういう言葉はなかった。

しかし、現代の映画やドラマで見るような、侍が理不尽に町人を斬り殺し高笑いして立ち去るということはなかった。

無礼討ちが正当なものであったかの裁定はきわめて厳格で、どのような無礼をはたらかれたのかを証明する証拠、証人が必要であった。また、斬った後はすぐに役所に届け、理由の如何を問わず一月近い謹慎を申しつけられた。

万が一、無礼の証拠、証人がない場合は、斬った侍は斬首。家はお取り潰しとなることもあった。

「慎之介さまが斬首にならなかったのは、証拠、証人があったからだろう。だが、人一人を斬ったということで役を解かれた――」

「その裏の話、どこから聞いたんだい？」

「薬楽堂で筆工を頼むようになってから、自然と聞こえてきたんだよ。小普請組で筆工をしているのは中野さんだけじゃねぇからな」

「しかし、無礼討ちとは穏やかじゃないねぇ。なにがあったんだろうね」

「おれも気になって、ちょいと訊いて回った。そんな物騒なお人の血を引いているんなら、勝之慎さんも短腹《たんぱら》じゃねぇかって思ってさ。だが、慎之介さまを知る者たちも詳しい経緯を知らなかったし、勝之慎さんに直接訊くわけにもいかねぇ。だから、どういう理由で町娘を斬ったのかは分からずじまいさ。慎之介さまが御咎小普請になってからしばらくの間、富坂町代地の辺りには、色んな噂が飛び交ってたそうだ」

「ふーん。で、短腹なのかい？」

「そうでもねぇ。冗談は通じねぇが、筋の通らねぇことを言うお人じゃねぇよ」

「なーんだ。それなら恐るるに足らずじゃないか」

金魚は少しほっとしたように言った。

「なんでぇ、おっ怖《か》ながってたのかい？」

無念がにやりとする。

「おっ怖ながってなんかいるもんか。戯作者を商売にするんだから、筆工にしろ摺り師にしろ、機嫌を損ねるようなことはしないに越したことはないって用心してただけだよ」

金魚と無念は柳橋を渡ると、神田川の川岸を上流側に歩き、浅草橋のたもとから右に折れ、茅町の通りを歩いた。しばらく進むと鳥越川に二つの橋が並んで架かっている。正式には鳥越橋だが、辺りの者は天王橋と呼んでいる。橋が二つあるのは、出火の際の避難路や掛け替えの時の用意であった。

「おっ。無念どのではないか」

金魚と無念が鳥越橋を渡り終えた時、前方から歩いてきた侍が声をかけてきた。

「こりゃあ、北川さま」

と無念は立ち止まって頭を下げた。そして、北川が抱えている風呂敷包みに目をやり、

「本屋へお出かけで？」

と訊いた。

北川は、中野勝之慎と同じ富坂町代地に住む筆工を副業とする侍であった。

「いや」北川は無念の前に立つと、風呂敷包みをぽんと叩く。

「私家版の筆耕を頼まれてな。できたものを届けるところだ」

私家版とは、版元が関わらない本で、現代で言うところの自費出版本である。

「ああ」と金魚は肯く。

「素人《しろうと》蔵《ぞう》板《はん》でございますね」

素人蔵板とは、本屋が私家版を呼ぶ時の言葉であった。

「そなたは？」

北川は金魚を見る。

「鉢野金魚と申します」

金魚は少し得意げに名乗る。

「ほぉ。珍妙な名前は筆名だな。なにか書いているのか？」

北川はにこにこ笑いながら訊いた。

評判の【春爛漫　桜下の捕り物】の作者の名を知らぬはずはないと思って名乗った金魚であったが、北川の言葉を聞いてがっかりした。

「はい。戯作を少々……」

「そうか。女の戯作者とは珍しい。まぁ、頑張れ」北川は何度も肯きながら言うと、無念に顔を向ける。

「そなたはどこへ？」

「へい……。薬楽堂のお使いで」

無念はばつの悪そうな笑みで答える。

「そうか──」

北川は『売れない戯作者は大変だな』という言葉を飲み込んで、

「誰かに筆耕を頼みに行くのか？」

と訊いた。富坂町代地には北川や中野以外にも筆工を副業とする侍が複数いた。いずれも小普請組である。

「わたしはこれを届ければ手が空くぞ」

と北川は売り込みをする。

「へい。今回は中野勝之慎さまへ」

「中野どのか……」

北川の顔が曇った。

「中野さまがどうかしたんですか？」金魚は目ざとく表情の変化を読みとった。

「お加減でも悪くして仕事が受けられないとか」

「いや。そうではない。中野どのはぴんぴんしてござる。ちょっと余計なことを思い出しただけだ」

「余計なことと仰せられますと？」

金魚は好奇心を露わに、北川に顔を突き出す。

「うむ……。近頃、気味の悪い噂がある」

北川の言葉に、金魚はつい今し方聞いた無礼討ちの話を思い出した。

「幽霊が出るとか」

北川はぎょっとした顔で金魚を見る。

「なぜ知っている？」

「たった今、中野さまのお父上の話をしたばっかりだったんで」

無念はそう言って金魚の襟を引っ張って後ろに下がらせる。

「そうか――。そのお父上が斬った娘が、夜な夜な中野どのの家の前に佇んでいるという噂だ。ここ二日、三日は物見高い奴らが五、六人見物に集まっているということだ」

「見物人がいても幽霊は出るんですか？」

金魚は訊いた。

「見たという話は聞かぬから、幽霊の方も見物人に怯えて出るに出られぬのではないか」

「でも――」金魚は首を傾げる。

「お手討ちがあったのは、ずいぶん昔のことでございましょう？」

「かれこれ二十年であろうかな」

「なのになぜ急に幽霊が出るんでございましょうね」

「幽霊には幽霊の都合があるんだろうよ」

言った無念の顔色は青ざめている。

「無念どのの言うように、冥府には冥府の、現世に住む我らには計り知れぬ法があるのだ――。それでは、依頼人が首を長くして待っておろうから、それがしはこれで」

北川は言うと、そそくさと鳥越橋を渡って行った。

「おれたちも行こうぜ」

無念は言って歩き出す。その頬には鳥肌が浮き上がっていた。

二人は、浅草御蔵を右に見て森田町、元旅篭町一丁目の木戸を過ぎ、御蔵の上ノ御門の正面で左の小路に入った。富坂町代地はもうすぐである。

「ねぇ、無念――」

「あの話ならしねぇぜ!」

と無念は足を速める。

無念は過去に、幽霊絡みのなにか恐ろしい目にあったらしい。金魚はそれを聞き出し戯作にしようと目論んだが、『お前に書かれるくらいなら自分で書く』と、無念は子細を語らなかった。

「その話じゃないよ。中野さんの家の前に出る幽霊のことさ。正体を確かめてみたくないかい?」

「やなこったい」

無念はぶるぶると首を振る。

「幽霊の正体見たり枯れ尾花――。今までもそうだったじゃないか」

「今までは今までだ。これから先、本物の幽霊に出くわさねぇとも限らねぇ」

五

無念は武家地の中を早足で歩く。金魚はその後を追う。

築地塀、生け垣が続く道を進み、一軒の板塀の家の門前で無念は立ち止まった。開け放たれた扉の向こうに母家と蔵が見えた。

無念は周囲を素早く見回す。腰が引けているのは、幽霊を恐れているからであろう。

「昼間っから幽霊は出ないよ」

金魚は呆れて言った。

「昼間に出る幽霊だっている」

無念は辺りに怪しいものの姿がないのを確認するとほっと溜息をついた。

「さぁ、ここが中野さんの家だ」

無念は門の中に声をかけた。

「御免下さいやし。通油町の薬楽堂の使いの者でございやす」

すると、母家の脇から中年の小者が現れた。

「これは無念さん。お久しゅうございます」

小者が言った。

「梅三《うめぞう》。中野さまはご在宅かい？」

「はい。今は深山堂河内屋《しんざんどうかわちや》さんの本の筆耕をなさっておりますが――」

梅三はすまなそうな顔をする。

深山堂河内屋は、薬楽堂と同じ地本屋、庶民相手の読み物を主に売る本屋であった。

店は薬楽堂から遠くない富沢町にあり、商売敵の一つである。

「そうかい。いや、その次の仕事でいいんだ。ちょいと声はかけられるかい？　もし仕事の最中なら声をかけずにおいてくれ。待たせてもらうよ」

「なんだい、無念らしくもない」金魚はからかうように笑った。

「ずいぶん遠慮深いじゃないか」

「怒らせたらおっ怖《か》ねぇんだよ」

「最近はずいぶん穏やかにおなりでございますよ。まぁ、様子を見て参りましょう。まずはこちらに」

梅三に促されて、無念と金魚は門を潜った。

二人は、植え込みのある庭を横切って来客用の土間玄関から中に入り、框《かまち》を上がった二畳間に通された。

「ねぇねぇ梅三さん」

金魚は控えの間を出て行こうとする梅三に声をかけた。

「はい」

梅三は上がり框に膝をついて金魚に向き直る。

「あんたも幽霊を見たかい？」

「おい、金魚。用件はそれじゃねぇだろう」

無念は眉間に皺を寄せる。

「いいじゃないか。ついでだよ」

「怪を語れば怪が集まるって言うだろう。幽霊が近くに潜んでいりゃあ、寄って来るかもしれねぇ」

無念はきょろきょろと天井の辺りを見回す。

「誰からお聞きになりました？」

梅三は小声で訊いた。

「北川さまとかいう侍さ」

「名前を言うんじゃねぇよ。北川さまに迷惑がかかるかもしれねぇ」

「北川さまでございますか——。あのお方も口が軽うございますからな」

「で、あんたも見たのかい？」

金魚は膝で梅三に擦り寄った。

「見ました」

梅三は表情を強張らせる。

「いつ見た？　どんな幽霊だった？」

「噂が立ってしばらくの間、見物人が集まっていましたが、その者たちは『さっぱり現れぬ』とすぐに来なくなりました。さて本当に現れなくなったかと、それを確かめようと一昨日の夕刻、外に出てみました」

「そこで見たんだね」

「へい。子持ち格子の着物を着た、町娘のようでございました」

「中野さまには話したかい？」

「滅相もない。外が騒がしかった頃、『追い払いましょうか』と申し上げると、『下らぬ噂を真に受ける者など捨て置け』と仰せられたのです。わたしが幽霊を見たなどと言えば、『お前も噂を真に受けて幻を見たか』と叱られます」

「そうかい。話していないかい――。で、お前が見たのは、先代がお手討ちにした町娘だったかい？」

「とんでもない！」梅三は怒った顔になる。

「先代の殿さまは人を斬ったことなどございません！」

「それじゃあ町娘を斬って御咎小普請になったって噂はなんなんだい？」

「噂は噂でございます――。お家のことをべらべらとお話しするわけにはいきませんので、これにて」

梅三はぷいっと顔を背けると出ていった。

「あ～あ。怒らせちまったぜ」

無念は肩をすくめる。

「幽霊の謎を解いてやれば機嫌も直るさ」

金魚はけろっとした顔で言う。

「中野さんの前で言うんじゃないぜ」

「そのくらいの分別はあるよ」

と金魚は言ったが無念は、「どうだかな」と心配げな顔である。

「しかし――」金魚は控えの間や客用の玄関を見回しながら言う。

「小普請組にしちゃ、いい家に住んでるね」

金魚は小声で言った。

「家格はそんなに低くねぇからな」

無念が答える。

横の襖の向こうに足音が聞こえて、がらりと襖が開いた。

黒っぽい木綿の着物に、黄土色の袖無しを羽織った三十絡みの男が現れ、

「本能寺無念。しばらくぶりであった」

と言った。

これが中野勝之慎か――。

仕事を中断されたのであろうが、愛想は悪くない。言われるほどの偏屈者でもなさそうだと金魚は思った。

「ご無沙汰しております」無念は慇懃《いんぎん》に頭を下げると、

「お忙しい中、押し掛けまして申しわけございません」

「いや。ちょうど区切りがいいところまで書いたので、休もうと思っていたのだ」

「左様でございましたか。せっかくお休みなさるところ、ご迷惑ではございませんでしたか」

「よいよい——。で、隣の美女《くわしめ》は何者かな？」

勝之慎は古い言い回しをして金魚を見た。

「こっちは、駆け出しの戯作者の鉢野金魚と申します」

「鉢野金魚でございます。お見知り置きを」

金魚も無念に倣って深々と頭を下げた。

「ほぉ。女戯作者とは珍しい」

勝之慎の言葉に、金魚は頭を下げたまま周囲に聞こえないくらいの舌打ちをした。

この男も鉢野金魚を知らないかい——。

「まぁ入れ」

勝之慎は二人を隣の座敷に招き入れた。十畳の床の間まである部屋であった。

「それで、薬楽堂の用事とはなんだ？」

「金魚の本の筆耕をお願いしたいと思いやして」

「ほぉ。金魚はどんな本を書く？」

「推当物《おしあてもの》でございます」

金魚は答えた。

「推当物——。はて、どういう内容だ？」

「物語の初めに謎がありまして、主役がそれを解き明かしていくという趣向でございます」

「ほう――。庶民は判じ物が大好きだ。それを戯作でやるようなものであれば、売れるやもしれぬな」

「大評判で、増刷になりました」

金魚は鼻高々に言う。

「なるほど結構なことだ。今やっている筆耕より面白そうだ」

「今はなにをお書きで？」

金魚が訊く。

「つまらぬ怪談噺《ばなし》よ」

怪談噺と聞いた途端、金魚の目が光る。

いち早く気づいた無念は『余計なことは言うなよ』と、金魚の袖をそっと引いた。

「実話を元にしているということだが、後味の悪い嫌な話だ。読んで嫌な気分になる話は、わたしは嫌いだ――。さりとて嫌な仕事を断れるほど暮らしにゆとりはない」

勝之慎はしかめっ面をして言う。

「なーんだ」

金魚はほっとした顔で微笑んだ。

「どうした？」

勝之慎は怪訝な顔をする。

「いえね、ここに来る前に無念が『中野さまは偏屈だ』なんて言うもんでね、心配してたんですよ」

「おい！　金魚」

無念は慌てて金魚の袖を強く引っ張った。

「大旦那なんて、『中野さまは気位が高い』なんて脅かすし。でも、初対面のあたしがいるってのに懐具合の話まで開けっぴろげにするお方が偏屈なわけもないし気位が高いわけもないって思って、安心したんでございますよ」

金魚の言葉に勝之慎は笑い出した。

「なるほど、なるほど。周りはわたしをそのように見ていたか」

「そのようでございます」

「まぁ、その見立ては当たっているだろう。わたしは人当たりのよい方ではない。そなたが女だてらに戯作をしていると聞いて、その心意気やよしと思い、心を許してしまった。お望みならば、気難しい中野勝之慎に戻ってもよいが」

勝之慎は笑みを浮かべたまま金魚を見つめる。

「そういうお姿も拝見しとうございますが――」

言った金魚の袖を「おいっ！」と言いながら無念が引っ張る。

「冗談だよ」

金魚は無念の手を払ったが――。ふと浮かんだ問いを思わず口走った。

「ときに中野さま。奥方さまはいらっしゃらないので？」

「おいっ！　お前ぇいい加減にしろよ！」

無念は金魚の腕を摑んだ。

「よい、よい」勝之慎は苦笑する。

「小普請の家に嫁に来たがる酔狂者はいない」

「それは分かりませんよ。もしかするとご門前に現れる幽霊は、中野さまを恋慕する
――」

「金魚っ！」

無念は金魚の口を押さえた。

勝之慎の顔が見る見る曇った。

「女幽霊の話、通油町まで聞こえているか……」

「いえ。来る途中で小耳に挟みやした」

無念は北川の名を伏せた。

「なんだい。お前から白状しちまうのかい」金魚は無念を睨む。

「中野さまには幽霊の話はするなって言ったのは誰だい」

「もうそういう話になってるんだからいいだろうが」

無念は金魚を睨み返す。

「お前がそう言うんなら訊いちまうよ」金魚はにやっと笑って勝之慎に顔を向ける。

「女幽霊の話、詳しく聞かせていただけませんかね。もしかするとお力になれるかも

しれませんよ」

　金魚は身を乗り出す。

「うむ……」

　勝之慎は腕組みをして畳に視線を落とした。

「金魚は推当物を書いておりますが、実はそれも本当にあった話を元ネタにしておりやして」

　無念の言葉に勝之慎は「ほぉ」と言って金魚を見る。

「あたしが巻き込まれた事件の謎を推当てた、そのまんまを書いております」

「そなたが推当をして解決したと？」

「はい」

　金魚は胸を張る。

「そうか……。まぁ、幽霊のことを推当で解決できるとも思えぬが。話せば気が楽になるやもしれぬな」勝之慎は肯いた。

「まずは、父が御咎小普請になったことについて話さなければなるまいな――。父は町娘を手討ちにしてはおらぬ」

「では、噂は――？」

「父が役を解かれたのは、商人との癒着を疑われたからだ。それは父の同輩の仕掛けた罠であった。父は上役からの覚えがよくてな。それを妬んだ者が、罠を仕掛けたのだ。父は無実を証明できずに御役御免となった。しかし、日頃の仕事熱心さから家名断絶などの重い処分はされず、小普請組に入れられるだけですんだ」

「でも――」無念が首を傾げる。

「それがなんで町娘をお手討ちにしたという話に変わったんでござんす？」

「罠を仕掛けた同輩は、中野家が家名断絶とならなかったことを不満に思って、町娘を無礼討ちにしたという噂を流したのだ」

「男の嫉妬は怖いねぇ」

金魚は首を振った。

「女の嫉妬だっておっ怖ねぇぜ」

無念が言い返す。

「父はあらぬ噂を否定せずただ微笑んで暮らしたが、数年後に病没した――。以後、わたしは人を信じられなくなってな。それが人当たりが悪くなった理由だ――。世の中、足の引っ張り合いは掃いて捨てるほどある。それでも気を引き締めて隙を作らなければ罠にはまることもない。父は脇が甘かった。最近はそのように思えるようになってきた。噂は迷惑だが、わたしが父は人を殺していないと力説したところで消えるものでもない。かえって火に油を注ぐことになり、『強く否定するところをみると、ますます怪しい』と、噂の真実味を増してしまう」

「知らぬふりをしてやり過ごす方が賢いってことでございますね」

「左様。業腹ではあるが仕方がない」
「斬ってもいいねぇ町娘が化けて出るわきゃあねぇ――」無念は難しい顔をして顎を撫でる。
「それじゃあ、誰の幽霊なんでござんしょうね。心当たりはおありで？」
無念が訊いた。
「心当たりはないな。恨まれるほど深くつき合《お》うた女はいない。滅多に外に出ぬから
知り合いの町娘もおらぬ」
「考える方向を変えてみやしょうか――。中野さまが筆耕を引き受けた草稿に原因が
あるのかもしれませんぜ。怪を扱った書物が怪異を呼ぶって話もございやす」
「その方向は間違ってると思うけど――」金魚は首を傾げながら勝之慎に訊く。
「実話を元にした怪異譚だとお聞きしましたが、どんな話でございます？」
「うむ――。題は【練塀《ねりべい》怪談二心の因果】。四谷伝馬町の長屋に住む田辺新左衛門《たなべしんざえもん》と
いう浪人が、知人の紹介で下谷練塀町の留守居番与力、宮尾庄右衛門《みやおしょうえもん》の家に婿に入っ
た。妻の名は清《きよ》。その時清は懐妊していた。子の父は誰とも知れない。庄右衛門が問
いつめ、折檻しても清は相手の名を白状しなかった。このままでは清は夫もないまま
に子をなしてしまう。困り果てた庄右衛門はすぐに婿を取ることを決め、知人を介し
て田辺新左衛門を紹介されたというわけだ」
「たまに聞く話でござんすねぇ」

無念が言った。

「婚儀から十日も経たずに岳父《がくふ》の庄右衛門は急な病で没する。新左衛門が家を継ぐが、日々清の腹は大きくなる。自分の胤《たね》ではないから愛情も湧かない。新左衛門は遊び歩くようになり、深川芸者の梅太郎《うめたろう》と深い仲になる。そうなるとますます清が鬱陶しくなり、ついには身重の妻を責めるようになった。清は堪えきれず出奔。以後行方は知れぬ――」

「腹の子のことは承知で婿入りしたんだろうに。小せぇ男だねぇ」

金魚は顔をしかめる。

「元はといえば、清がふしだらな真似をしたからじゃねぇか」

無念が言う。

「ふしだらかどうか分からないじゃないか。手込めにされたのかもしれないよ」

「それなら父親に訊かれた時にそう言えばいい」

「お前、娘心が分かってないねぇ。若い娘が父親にそんなこと言えるわけないだろう！」

「だったら母親に言やぁいいじゃねぇか！」

金魚と無念が怒鳴り合いを始めたので、勝之慎は咳払いをした。

「話の続きをしてもよかろうか」

金魚と無念ははっとして居住まいを正す。

「どうぞ、お続けなすって」

　無念は言った。

「清が出奔してすぐ、新左衛門は梅太郎を家に入れる。名前を本名の梅に戻して、表向きは女中ということになっていたが、梅はすぐに奥方さまのように振る舞い始める。そして一年後、梅は男の子を産んだ――。ところが、その頃から宮尾家に怪異が起こり始める。生まれたばかりの男子はすぐに病没。夜な夜な、清が家の中を歩く姿を、多くの家人が目撃する。どうやら清はどこかで死んだらしい。新左衛門も清の姿を頻繁に見るようになり、梅を清と見間違えて斬り殺す。新左衛門は捕らえられ斬首。宮尾家は断絶。しかし清の祟りはそれでは収まらず親戚縁者十人あまりを取り殺した」

「酷い話でございますね」

　金魚は眉をひそめた。

「ところが、だ。この話、【四谷雑談集《よつやぞうたんしゅう》】という本に書かれた話に似ている」

「え？　実話じゃなかったんですか？」

「うむ――。【四谷雑談集】は享保の頃に書かれた本なのだが、文化年間、十数年前に曲亭馬琴や柳亭種彦《りゅうていたねひこ》がそれを元に戯作を書いている。この作者も、その本を元ネタにして話を作ったのではないかと思うのだ」

【四谷雑談集】は享保十二年（一七二七）に出版された。

勝之慎の言う馬琴や種彦の戯作とは【勧善常世物語《かんぜんつねよものがたり》】、【近世怪談霜夜星《きんせいかいだんしもよのほし》】である。

　ちなみに、鶴屋南北《つるやなんぼく》の【東海道《とうかいどう》四谷怪談】も、【四谷雑談集】を元ネタとしているが、それが書かれるのはこの年から四年後のことである。同じ種本を使いながら、後発の鶴屋南北の芝居狂言が大きな人気を得たのである。

「作り話を実話と称して売り出すのはよくあることでござんすからね」無念が言った。「特に怪談噺は作り話って言うよりも、本当にあった話だっていうことにした方が売れやすすから」

「ってことは、お前の『草稿が幽霊を呼び寄せている』って推当ははずれだね」

　金魚は意地悪な笑みを浮かべた。

「そうやって色々な可能性を一つずつ潰していくのが推当だってお前ぇも言ってるじゃねぇか」

「ああ。そうだったねぇ」金魚はちょっと肩をすくめると、勝之慎に顔を向ける。

「町娘に恨みを買うような覚えもない。怪談の草稿も原因じゃない――。とすると、女幽霊はなぜ中野さまの門前に佇むんでございましょうね」

「さてな――」

　勝之慎は困った顔になる。

「幽霊の中には、ふわふわとあちこちを漂っているものもいると聞きやす。そういう奴がたまたま門前に立っているのかもしれやせんね」

　無念が言った。

「お前、幽霊を怖がる癖に、なにかっていうと幽霊の仕業にしたがるね。あちこちを漂う幽霊が、何日もこの家の門前に現れるってのはおかしな話じゃないか」

「この家に、なにか気にかかることがあるのであろうか」勝之慎が深刻な表情で言った。

「たとえば、なにか不幸が起こることを告げに現れているとか――」

「それかもしれやせんね」無念は真顔で肯く。

「どなたか、体の具合を悪くしている方はいやせんか？」

「わたしには妻子も父母もいない。この家にはわたしと下男と下女がいるばかり」

「中野さまはどこか具合の悪いところは？」

「ない。下男も下女も元気なものだ」

「卒中なんかは突然来やすからね」

「うーむ」

勝之慎の表情はどんどん暗くなっていく。

「益体《やくたい》もない」金魚は首を振った。

「心配してもしょうがないことを心配するのはばかばかしゅうございますよ」

「だったらお前ぇの推当を言ってみろよ。他人《ひと》の推当にああでもないこうでもないと文句を言うのは誰でもできるぜ」

「まったく手掛かりがないんだから、本人に訊くのが一番だろう」

「口寄せでも連れて来るってのか？」

口寄せとは霊媒師のことである。

「本人に直接訊くのさ」

「お前ぇ、口寄せもできるのか？」

無念は驚いた顔をする。

「なんで幽霊って決めつけるかねぇ。生身の人なら、普通に訊けるだろう。直に顔をつきあわせ、もし本物の幽霊だったらその時には口寄せを呼ぶさ」

「お前ぇ、幽霊と口をきくつもりかい」

無念は青くなる。

「そのつもりさ。お前に立ち会えとは言わないよ。小便を漏らされたらばっちいからねぇ」

「しょ、小便なんか漏らすもんか！　おれもつき合ってやるぜ！」

「無理しなさんな」

金魚はせせら笑う。

「本当に幽霊だったら、お前ぇの方こそ小便を漏らすなよ！」

「いいかい無念。門前に立つ女が幽霊だって証《あかし》はなに一つないんだ。みんな思い込みだよ」

「目の前で消えたって話じゃないか。それこそが幽霊だって証だろうが」

「それそれ。それこそが、なんでもないことを怪談噺に仕立てちまう仕掛けだよ。噂では『後ずさって路地に入り、姿が見えなくなった』だろう。お前は今、それを無意識のうちに作り替えて『目の前で消えた』ってしちまった。お前からその話を聞いた奴は、〝尾〟をつけて他人に話す。その話を聞いた奴は〝鰭《ひれ》〟をつけて他人に話す――。十人も渡り歩いた噂は立派な怪談に化けているって寸法さ。後ずさって路地に入り、姿が見えなくなることなら、逃げ足の速い町娘にだってできらぁ」

「逃げ足の速い町娘にもできるが、幽霊にだってできるぜ」

「水掛け論だな」勝之慎は首を振った。

「修法師《ずほうし》が手も使わず蝋燭に火を灯したとする。それが法力によるものか手妻《てづま》なのか、推当はいくらでもできる。一番確実なのは、修法師に口を割らせることだ――。まぁ金魚の方に一理ある」

「修法師が嘘をつくこともありやすぜ」

無念が反論した。

「修法師と蝋燭の話ならば確かにそうだ。だが、門前の幽霊の場合は話しかければ幽霊か人かはたちどころに分かろう」

「ううむ……」

「ほぉれみろ」金魚は勝ち誇ったように言った。

「中野さま。あたしに確かめさせてもらえませんかね」

「他愛のない噂話と思って捨て置いたが――。まぁよい。やってみよ」

「謎が解けたら、戯作にしてもようございますか？」

「なるほど。飯のタネにするか」勝之慎は苦笑する。

「わたしの名も地名も仮名にいたせよ。売れるとなれば戯作者は節操がないからな。今筆耕を受けている本の作者も、出てくる人物の名は実在のものだと言っておる」

「版元は深山堂河内屋でございやしたね。誰の作でございやす？」

無念が訊いた。

「直亭牛笙《ちょくていぎゅうしょう》――。曲亭馬琴の下手くそな捩《もじ》りだな」

「馬琴先生の下手くそな捩りなら、滝川馬笛《たきがわばてき》なんて奴もおりやす」無念はくすくす笑った。

「牛笙なら知っておりやす。でたらめな瓦版のネタを書いたり、実録と称して嘘八百の話を書き散らす質《たち》の悪い戯作者でございますよ」

「左様であったか。近頃の戯作はあまり読んでおらぬので知らなんだ――。筆耕の仕事をする前は好んで戯作を読んでいたのだが、今は版下用の副本を読むだけで腹がいっぱいになる」

「もし中野さまが筆耕なさっている本に少しでも真実が書かれているとすれば、適当な尾鰭をつけられた清が、腹を立てて出てきたのかもしれやせんね」

「それならば、わたしの所ではなく、戯作者の方に化けて出ればよかろう――。迷惑な話だ」

「無念。まだ幽霊の線を諦めないかい」

金魚は呆れて言った。

「絶対に幽霊じゃないって証はないからな」

無念は「ふん」と鼻を鳴らして顎を反らす。

「まぁまぁ」勝之慎が間に入る。

「延々と決着のつかぬ言い争いを聞かされるのも迷惑だ。ともかく、門前の娘が幽霊か生身か確かめよう。金魚。どうやって確かめる？　見物人が多くなって、ぷっつりと現れなくなったと聞いているが。現れなければ確かめようもないぞ」

「昨日の夕方、梅三が見ているそうですから、今日もきっと現れますよ」

「なに、梅三が？」勝之慎は驚いて金魚を見た。

「そんな話は聞いておらぬぞ」

「言えば中野さまに心配をおかけすると思い、黙っていたんだそうで」

無念は咄嗟に嘘をついて梅三を立てた。

「そうか――。昨日、出たか」

「野次馬が集まった頃にぷっつりと出なくなって昨日現れたってことは、人の目を気にしながらも、どうしても中野さまの門前に来なければならない理由があるってことでございますよ。だとすれば、これからも来る。もし、今日来なかったとしても、明日、明後日には必ず現れましょう」

「明日、明後日も来るってのかい？　そいつは中野さまにご迷惑だ」

　無念は首を振る。

「今日出なかったらの話さ。中野さまも幽霊の正体が分かれば安心でございましょうから、一日二日の迷惑は我慢なさってくださるはず」

　金魚は勝之慎を見てにっこりと笑った。

「うむ。夜に来てしばらく張り込むくらいならば問題はない。ただ、夕餉《ゆうげ》を出してやるほどの余裕はないぞ」

「大丈夫でございますよ。酒と肴をこちらで用意いたしましょう――。それでは一旦戻りまして、日暮れ前にまたお邪魔いたしますよ」

　金魚は立ち上がりかけて、脇に置いた副本の風呂敷包みを見、

「あっ。いけない、いけない」

　と、座りなおす。

「いかがいたした？」

　勝之慎は怪訝な顔をする。

「お話が面白くって、すっかり本題を忘れてましたよ。あたしの本の筆耕をお引き受けいただけますよね」

　金魚は勝之慎の前に包みを押し出した。

「おお、そうであったな」

勝之慎は包みを解いて、副本を捲った。

「色々と注文をつけたいこともあるんで、また後からご相談にうかがいます」

「おい、金魚」と無念が慌てて口をはさむ。

「中野さまは、まだ引き受けたと仰ってないぜ」

「お断りにはなりませんよねぇ。中野の旦那」

金魚は科《しな》を作って言った。

「うむ……。夕方までに読んでおこう。答えはその後だ」

勝之慎は少し頬を赤くして言った。

六

金魚と無念は、薬楽堂へ戻る前に、汐見橋近く、橘町一丁目の北野《きたの》貫兵衛《かんべえ》の家に立ち寄った。貫兵衛は元池谷《いけがや》藩で御庭番を務めていた男である。いわくあって、金魚や薬楽堂の面々に助けられ、今では薬楽堂長右衛門の肝煎で読売屋を営んでいる。

小路を入ってすぐの一軒家が貫兵衛の住まい兼仕事場だった。

「邪魔するよ」

金魚は入り口の腰高障子を開けて土間に入った。紙を積んだ棚に囲まれた板敷では二人の男が文机に向かって忙しげに仕事をしている。天井近くに細引きが幾本も渡されていて、摺り上がった読売が干されていた。

襷《たすき》掛けをした茶の小袖に軽衫《カルサン》を穿いた中年男は紙に筆を走らせている。それが貫兵衛であった。もう一人、若い男は版木を彫っていた。貫兵衛が雇った彫り師の又蔵《またぞう》である。年の頃は二十《はたち》歳前後。髷を鯔背《いなせ》銀杏《いちょう》に結った、なかなかの男前であった。貫兵衛が池谷藩に仕えていた頃、配下だった男である。無念は何度か会っているが金魚は初対面であった。

又蔵が彫っているのは普通の版木ではない。貫兵衛が工夫して、内側が半紙の寸法になるように作った木枠に普請場から貰ってきた杉の端材をはめ込んだものであった。それを使えば版木代はただである。

貫兵衛が版下を作り、又蔵がそれを彫り、二人で摺る。記事も、二人で江戸中を駆けずり回って集めていた。

貫兵衛は書き物からちらりと目を上げてすぐに戻し、「邪魔だ」と無愛想な口調で言った。

金魚は意に介さず板敷に腰を下ろすと、

「ちょいと調べものをして欲しいんだよ」

もともと貫兵衛の読売は、長右衛門が江戸中の面白い話を集めるためにやらせているものであった。その中からネタをさらに厳選して、戯作者に提供して書かせるのである。

前身が御庭番の貫兵衛にとって噂集めや聞き込みはお手の物であった。

「ふざけるな。忙しいのは見て分かろう」

「いいのかい、そんなこと言って。あたしが一言、大旦那に赤嘘をかませば、月々の小遣いが途切れることになるよ」

読売の売り上げだけでは、暮らしはかつかつである。長右衛門は貫兵衛に、結構な額の手間賃を払っていた。

「卑怯者め」貫兵衛は唸って筆を置いた。

「なにを調べろというのだ?」

金魚はにやりと笑って早口で言う。

「下谷練塀町の御家人、宮尾新左衛門。以前は四谷伝馬町の長屋にいた田辺新左衛門という男さ。宮尾家に婿入りして、留守居番与力を継いだ。お内儀は清。新左衛門は深川芸者の梅太郎といい仲になり、清は出奔。梅太郎は表向き女中として宮尾家に入った。だがその後、宮尾家は清の怨霊のせいで不幸が続き、お家断絶——。覚えたかい?」

「覚えた」

貫兵衛は聞き返すこともなく肯いた。

「この話、どこまでが本当か調べて欲しいんだよ。そうだねぇ、七ツ半(午後五時頃）まで待ってやる」

「七ツ半だと？　いま何刻《なんどき》だと思ってる」

貫兵衛は眉間に皺を寄せた。

「四ツ半（午前十一時）」と又蔵が彫り屑をふっと息で吹き飛ばす。

「貫兵衛さんが無理だって言うんなら、あっしが行って来やすぜ。その代わり、金魚姐《あね》さんと後からしっぽりと――」

又蔵は顔を上げて金魚に淫らな笑みを見せる。

「お前ぇに行かせるくれぇなら、おれが行くぜ！」

無念が慌てたように言った。

「素人に任せられるものか！」

貫兵衛は襷を解いて立ち上がり、土間に飛び下りると草履をひっかけ腰高障子まで駆け寄る。

「七ツ半にお前はどこにいる？」

「これから薬楽堂まで戻って、暮れ六ツまでに浅草御米蔵前元旅篭町二丁目の西の中野勝之慎って侍の家に行く」

「中野勝之慎――。筆工を副業にしている小普請だな」

「よく知ってるね」

「薬楽堂の仕事をする職人たちは、ここに入っておる」貫兵衛は自分の頭を指差した。

「薬楽堂から中野の家へ向かう途中で、調べ上げたことは知らせてやる」

貫兵衛はそう言うと家を飛び出した。

「あれあれ――」又蔵は微笑む。

「せっかく金魚姐さんといいことしようと思ったのに」

「後の楽しみにとっときな」

金魚は又蔵を振り返り嫣然《えんぜん》と笑みを浮かべると、板敷から腰を上げた。

「金魚！」

無念は土間を出ていく金魚を追った。

一人残った又蔵はくすくすと笑いながら、版木の彫りを再開した。


約束通り、貫兵衛は中野の家に向かう金魚と無念に鳥越橋の南で追いついて、調べたことを報告した。

暮れかかる鳥越橋を渡りながら貫兵衛は言った。

「お前の言った話、赤嘘であったぞ」

「なんだって？」

眉をひそめたのは無念である。

金魚は「やっぱりね」と肯いた。

「宮尾新左衛門も清も梅太郎もいなかったってのか？」

　無念が訊いた。

「いや下谷練塀町に宮尾家はあった」

「断絶したんじゃなかったのかい？」

「主は宮尾新左衛門。前の主は庄右衛門。新左衛門は庄右衛門の実の子だ。新左衛門の妻は清。梅という名の女中もいる。ただし、芸者上がりじゃなく、清の生んだ二男一女の世話に雇われた乳母だった」

「登場人物の名だけは本当だったたってわけだね」

　金魚が言う。

「そうだ。庄右衛門、新左衛門、清は三年ほど前に流行病《はやりやまい》で死んでいる。三人が立て続けに死んだんで、宮尾家は祟られているって噂が立ったことも確かだが、すぐにあちこちで病で死ぬ奴が出たから噂は立ち消えた。長男は両親同様流行病で死んだが、宮尾家は次男が継いでいる。その年、親戚も何人か死んでいるから〝不幸続き〟っていうのも本当だった」

　この流行病は現代で言うインフルエンザであろう。

「なんでぇ。新左衛門の次男ってのは、家を継げるほどの年だったのか？　するってぇと長男は元服をとうに終えてたのか」無念が言う。

「中野さんの話を聞いて、おれはてっきり最初の子は赤ん坊のうちに死んだと思ってたぜ」

「お前、頭がこんがらかってるんじゃないかい」金魚が言った。

「中野さんの話では、新左衛門の最初の子は梅が産んだ。それも嘘なんだから、中野さんの話は全部、頭から追い出しちまいな。直亭牛笙は、最初のちょっとした噂に尾鰭をつけて、宮尾家の不幸を怪談噺に仕立てちまったんだよ」

「噂に尾鰭をつけて話を作るのは、お前たち戯作者の常套手段であろう」

「まぁ、そういうこともあるが――」

無念は渋い顔をする。

無念や、薬楽堂の仕事をする戯作者たちは、貫兵衛が集めた噂話や事件をネタに草稿を書くことも多い。

「隣近所の噂ならばまぁ仕方がなかろうが、本に書いて世の中に広めるのは質《たち》が悪い」

貫兵衛は鹿爪らしい顔で言う。

「お前だってその片棒を担いでいるじゃないか。読売だって同じだよ」金魚がぴしりと言った。

「そのお陰でおまんまを食っていることを忘れるんじゃないよ」

「うむ……」貫兵衛はばつの悪そうな顔をする。

「それでは、約束は果たしたぞ」

と、貫兵衛は踵を返して急ぎ足で鳥越橋を引き返して行った。

「なんだか他人事《ひとごと》じゃねぇな」無念は真剣な顔をして腕組みする。

「おれの戯作も誰かの迷惑になっているんじゃねぇかと心配になってきた」

「お前の戯作は、舞台が大昔なんだから関係ないだろ」

無念が書いているのは鎌倉時代を舞台にした活劇物である。

「いや――。北条家の末裔がおれの本を読んだら、気を悪くするようなことをいっぱい書いてる」

「そんなことまで気にしてたら、戯作者なんてやってられないだろう。今、生きてる人に迷惑がかからないようにってことだけ気をつけてりゃあいいんじゃないかい。今の話を書く時は出所が分からないようにすりゃあいいんだよ。だけど、作り話に今生きている人の実名を使うなんてのは言語道断」

【東海道四谷怪談】の元ネタ【四谷雑談集】の出版は享保十二年（一七二七）。さらにその事件は元禄時代に起こったことと記されている。しかし、記述とは異なり、田宮家は断絶せず現代に到るまで続いている。同家の言い伝えによれば、岩は怨霊になるような人物ではなく貞女の鑑のような人であったという――。

ちなみに、鶴屋南北は【東海道四谷怪談】の評判を高めるために、於岩稲荷の由来の書上を芝居の筋に寄せて捏造させたという説もある。

「そうだな……」

とは言うものの無念の顔色は冴えない。

「さぁ。幽霊をとっ捕まえに行くよ」

金魚は無念の袖を引っ張って駆け出した。

七

金魚と無念が顔を出すと勝之慎は開口一番、

「面白かった。筆耕は引き受けよう」と言った。

「ありがとうございます。中野の旦那！」

と金魚ははしゃいだ声を上げた。

「中野さま。いいお返事を聞かせてもらった後でなんでござんすが、こっちはちょいと面白くねぇ話を聞き込んで来やした」

無念は勝之慎に、【練堀怪談二心の因果】に書かれたことのほとんどが嘘であることを告げた。

「暮らしのためとはいえ、そんな話の筆耕を引き受けてしまったとは不覚千万」

勝之慎は口をへの字に曲げた。

「仕方ございませんよ。でも、【練塀怪談】のほとんどが嘘っぱちだったってことが分かって、幽霊の正体も摑めましたねぇ」

「なに？　もう幽霊の正体が分かったってのかい？」

無念が驚いたように言った。

「このぐらいの謎、解けない方が驚きだね。問題はその後の始末の方だよ――」

「なんだ、その後の始末ってのは？」

無念は訊いたが、勝之慎にはその意味が分かったらしく、

「確かに」

と腕組みをした。

「中野さまも謎が解けていらっしゃるんで？」

「当たり前だ」

勝之慎は小ばかにしたような目で無念を見た。

「お前は、がちがちに武張った話ばかり書くから頭も固くなっておるのだろう」

「宮尾家で流行病を生き残った子を思い出せば謎は解けるよ――。さぁ、幽霊のお出迎えをしよう」

金魚は無念を引っ張りながら立ち上がった。


無念は中野家の板塀の角に、金魚は門前から少し離れた小路の酒屋の裏手に身を潜めた。

空き樽が積み上げてある陰にしゃがみ込み、かけてあった筵《むしろ》を体の前に垂らして風

除けにした。

　辺りは赤紫に暮れ、やがて青い闇が下りてくる。気温は急速に下がり、綿入れの外側から冷気が染み込んできた。

　金魚は無念に、『宮尾家で流行病を生き残った子を思い出せば謎は解ける』と言った。

　生き残ったのは娘と息子。息子の方は宮尾家を継いだ。では残った娘は？

　と、無念に手掛かりを与えたのである。

　娘は【練塀怪談】の筆耕をやめさせようとしていると、金魚は推当した。

　宮尾家に関する悪い噂に、さらに悪い尾鰭をつけて戯作を書いた者がいると知り、娘は手を尽くして戯作者を探したのではないか——。

　どうやって戯作を書いた者がいると知ったかは後から調べるとして、そう考えるとあとはするすると推当が進んだ。

　ところが直亭牛笙はすでに戯作を書き上げていて、副本は筆工の中野勝之慎の所に回っていた。なんとか本が出ないようにするには、勝之慎に直談判するしかない。

　しかし、門前まで来てみたものの、中に声をかける度胸が出ない。

　何日か通っているうちに、幽霊の噂が立ち、しばらくの間、訪ねるのをやめた。

　そして、ほとぼりが冷めた頃を見計らって昨日、また門前に立った。しかし、やはり勝之慎を訪ねる決心がつかず帰った。

早くなんとかしなければ筆耕の仕事は終わってしまう。版下が出来上がれば彫り師に回される。

勝之慎に談判すれば、武士の情けでなんとかしてくれるかもしれない。しかし、町人は武家の醜聞を喜ぶ。彫り師は町人だろうから、こちらがいくら頼んでも彫りをやめてくれることはないだろう――。

宮尾の娘はそう考え、今宵もまた中野家の門前を訪れるはず。金魚はそう踏んだのである。

「隠れるのが早すぎたかねぇ」

白い息と共に金魚は呟く。手足の指がじんじんと痺れ、爪が痛くなってきた頃――。

小路に女の姿が現れた。

まだ若い。二十歳にはなっていないであろう娘である。

金魚は空き樽の脇から出て、少し間隔を開け、娘を追った。

娘は小走りに小路を抜けて、中野家の門が見える辻に立った。

しばし逡巡した後、娘は大きく溜息をつき、来た方向へくるりと向きを変えた。

すぐ後ろに立っていた金魚の姿を見て、娘は息を飲んだ。

逃げ出そうと後ろを向くとそこには無念が立っていた。

「怖がらなくてもいいよ」金魚は言った。

「取って食おうってんじゃないんだ」

娘は胸の前で手を握り、眉を八の字にして金魚と無念を交互に見た。

「あんた、宮尾家の娘だろう？」

「いえ」

娘は震えながら首を振った。

「誤魔化さなくたっていいんだ。こっちはなにもかもお見通しだよ」

金魚は優しく言った。

「あっ」

と言ったのは無念である。

「金魚。一つ忘れていたぜ。目撃されていたのは町娘。武家の娘とは服装から立ち居振る舞いまで違う。この辺りに住む武家の者たちが見間違えるはずはない。この娘はどう見ても町方だ。武家の娘じゃねぇ」

「そんなことくらい最初っから考えているよ。目立たないように町娘に化けてるんだよ」

金魚の言葉に、娘は怯えた顔をしながら強く首を振った。誤魔化している様子ではない——。

自分の推当は間違っていたのか？

夜気よりも冷たいものが金魚の背中を駆け下りる。

金魚の中で、自信を持って築き上げた推当が音を立てて崩れていく。

「嘘をつくんじゃないよ！」金魚はむきになって娘に詰め寄る。

「あんたは宮尾家の娘のはずだ。【練塀怪談】の筆耕をやめてもらおうとここに通ってるんだ」

「理由はその通りでございますが……。なぜご存じなのです？」

「そんなことはどうでもいい。あんた、宮尾家の娘じゃないんだったら、何者だい？」

「宮尾家の女中、しまでございます」

「女中……」金魚の体から力が抜けていく。

「そうかい、女中かい。大筋で推当は当たってたってわけだ」

無念は金魚の様子を見ながらくすくすと笑う。

「お前ぇが慌てる様子は、いつ見ても楽しいねぇ」

「うるさいねぇ！」

金魚は無念を睨んで言い、しまに優しげな笑みを向けた。

「中野さまは、あんたの話を聞いてくれるよ。さぁ、中へ入ろう」


中野家の客間に金魚、無念、勝之慎、そしてしまが座った。

しまは、中野家の門前に立っていた子細を語った。その理由はおおむね金魚の推当通りであった。

「比佐《ひさ》さまは大層その噂を気になされて、ついに寝込んでおしまいになりました」

比佐とは、宮尾家の娘の名であった。

「それで、あんたが代わりに中野さまの家を訪ねたってわけだね」

金魚が訊いた。

「左様でございます」

「どうやって中野さまが筆耕を引き受けたって知った？」

「宮尾家の噂を聞き回っている者がいると知人から聞き、奉公人が手分けして調べました。噂を集めているのが、直亭牛笙という評判の芳しくない戯作者だとすぐに分かり、深山堂河内屋から本を出そうとしていることもつきとめました。後は、小者が河内屋の使用人たちからあの手この手で色々と聞き出して、中野さまが筆耕を引き受けたという話まで辿り着きました。でも、なかなか門を叩く決心がつかず……」

「幽霊騒ぎになったってわけだ」

無念が言う。

「幽霊騒ぎ？」しまは驚いた顔をする。

「そんなことになっていたのでございますか？　ああ――。人が大勢集まっていたのはそのせいでございましたか。わたしはてっきり、版元の河内屋さんの手の者が、本を出すのを邪魔しようとしているわたしを捕らえようとしているのかと思いました」

「河内屋の差し金なら、宮尾家にまで押し掛けてそなたをとっ捕まえるであろうよ」

勝之慎が言った。

「左様でございますね……。もう『どうしよう、どうしよう』ばかりでそこまで思いが及びませんでした」

「なるほど、気の毒なことであったな」勝之慎は腕を組み、眉根を寄せる。

「さて、どうしたものであろうか」

「中野さまが筆耕を断ったとしても、河内屋は誰か別の筆工に頼むでしょうからねぇ」

金魚が言う。

「奉行所に恐れながらと訴えるのはいかがでしょう」

しまが言う。

「いや」無念は首を振った。

「そんなことをすれば宮尾家が恥をかくことになるぜ」

「本が出ても恥をかくことになるよ」金魚が言った。

「大旦那に頼んで河内屋にねじ込むってのはどうかね？」

「意地になって言うことを聞かねぇよ。だいいち、薬楽堂だって、似たような本を出してるんだ。大旦那がこっちの敵に回りかねねぇ」

「今まで地本屋や物の本屋の筆耕を様々務めてきたが――」

勝之慎が口を開く。

物の本とは、読み物的な草紙に対して、学問的な内容の本で、物の本屋はそういう本を専門に出版、販売する本屋のことである。書物屋、書物問屋とも呼ばれた。

「それで分かったことは、町人は日頃偉そうにしている侍の醜聞を好んで語りたがり、侍はお家のいざこざさえ美談に作り替えて語りたがるということだ。地本屋は庶民のための本を作る。畢竟《ひっきょう》、庶民が喜ぶ本を出す。河内屋の考え方も薬楽堂の考え方も一緒であろうよ」

「それではどうすればよろしいのですか？」しまは泣きそうな顔で金魚たちを見る。

「このままではお優しかった清さまは恐ろしい怨霊に、親身になってくださった新左衛門さまは極悪人にされてしまいます」

「一つ、兵略《へいりゃく》を思いついたよ」

金魚が顎を撫でる。

しまも、無念、勝之慎も、期待に満ちた目で金魚を見た。

金魚は兵略を語った。

「――どうだい？　手伝うかい？」

「このままでは宮尾家に多大な迷惑をかける。一肌脱がなければなるまいな」

勝之慎が言った。

「中野さまがそう仰ってくださるんなら、おれに否やはねぇよ」

「よし。決まった。それじゃあ大旦那には内緒でやるよ」

「だが、この件についちゃあ昼に話しちまったぜ。後からどうなったかを訊かれたらどうする？」

無念が言う。

「これから先の結末を話して聞かせりゃあいいのさ――。貫兵衛にも手伝ってもらわなきゃならない」

「清之助や松吉《まつきち》、竹吉《たけきち》じゃ駄目かい。貫兵衛に助っ人を頼んだら又蔵も来やがるぜ」

清之助は薬楽堂の番頭。松吉と竹吉は小僧である。

「薬楽堂の使用人が揃っていなくなりゃあ大旦那に怪しまれるだろう。少しは頭を働かせな」

「しかしよう……。又蔵が来るのはどうも……」

無念はもごもごと言いながら後ろ首を掻いた。

「あたしはなにをすればよろしいでしょう？」

しまが訊く。

「あんたは宮尾の家で知らせを待ってりゃあいいよ。全部、あたしらに任せな」

金魚はぽんと胸を叩いた。

八

お玉ヶ池の近く、神田小泉町に戯作者直亭牛笙の家はあった。以前は三味線屋だった一軒家で、一人住まいなものだから家の内外《うちそと》は荒れ放題だった。

無念は紙の破れた腰高障子をがらりと開け、切羽詰まったような口調で、

「牛笙先生、いるかい？」

と声をかけた。

入ってすぐの土間には丸めた反古紙が散らばり、板敷には古本が積み上げられている。その奥の六畳に、搔巻にくるまって文机を前に座る牛笙の姿があった。年の頃は四十絡み。月代《さかやき》も無精髭も伸び放題である。

「見えてるだろ。ここにいるよ」

不機嫌そうに牛笙は答えるが、紙に走らせる筆は止まらない。

無念は反古紙を蹴散らして板敷に上がり、六畳の火鉢の前に座り込んだ。

「中野さまの話、聞いたかい？」

無念は牛笙の方に身を乗り出して訊く。

「いや。中野さまがどうしてぇ？」

牛笙は筆を置いて無念を見た。

「幽霊騒ぎよ。あんたの戯作の筆耕を始めてから、門前に女の幽霊が出るようになったらしい」

「おれの戯作の筆耕を始めてから？」牛笙の顔がさらに不機嫌そうになる。

「言いがかりをつけるのはやめろよ。だいいち――」

牛笙は何か言いかけて口を閉じる。

無念は、『だいいち、あれは全部赤嘘だ』という言葉を飲み込んだのだと思った。

嘘なんだから幽霊なんか出るはずはねぇ――。その思いを打ち砕いておかなければ金魚の計略はうまくいかない。

「劇作なんて嘘八百を書くもんだ。おれも劇作者だから実話と銘打ってても嘘まじりってこともあるのはよく分かってるが――。幽霊ってのはそんなことを忖度《そんたく》しねぇんだってよ。あんたの劇作に、なんか気に入らねぇことがあって、出て来るんだって口寄せが言うんだよ」

「中野さんは口寄せを呼んだのかい」

牛笙は眉間に皺を寄せた。

「ああ。最初は門前に立っていた幽霊が家の中にまで入ってきた。そればかりじゃなくて、日に日に侍や町人、百姓、犬猫まで溢れかえり、まるで百鬼夜行のようになっていったんで辛抱たまらずに口寄せを呼んだんだそうだ」

「中野さま本人から聞いたのか？」

「おれの戯作の筆耕を頼みに訪ねた。そしたら中野さまの顔色がすぐれねぇ。『どうしたんでござんす?』と訊いたら、話してくれた」

「うーむ。それで?」

「口寄せは、あんたの戯作が原因で、あちこちから幽霊が集まって来ているって言った。そして、『まず初めに門前に出た幽霊は、お前の父親に関わりがある娘だ』という言葉を聞いて、中野さまはぞっとした――」

「中野さまの父親が町娘を手討ちにしたって噂は本当だったか……」

「どうやらそのようだ」

「だが、おれの劇作は中野さまの父親が殺した町娘とはなんの関係もねぇぜ」

「そこは幽霊たちの理屈よ。生きている者には分からねぇ関わりがあるんだと口寄せが言ってた」

「で、それからどうした?」

「口寄せは知り合いの修法師を紹介してくれたんで、中野さまは調伏《ちょうぶく》を頼んだ」

「調伏されたか――」

牛笙はほっとした顔になる。

「いや。それがそうはいかなかったんだとよ。だからおれが走って来たんだ」

「どういうことだ?」

「あまりにも亡魂の数が多くて全部は調伏できず、追い払うだけになった。修法師は

『祓えなかった亡魂は、元を作った者の所へ行く』って言ったそうだ」

「おれのところにか？」牛笠の顔が青くなった。

「だが――。幽霊なんか出ねぇぞ」

「追い払われた幽霊は一日、二日は大人しくしているんだとよ。今日、明日にはここに押し寄せてくるかもしれねぇってことだ」

「中野さまが頼んだ修法師はどこにいる？」

牛笠は腰を浮かす。

「あんたが行くまでもねぇ。中野さまがあんたの身を案じて、調伏を頼んでくれたよ」

「そうかい――」牛笠は安堵したように座り直す。

「だったら、なんでお前ぇと一緒に来ねぇ？」

「急な用事で大峰山《おおみねさん》へ行った」

大峰山は奈良の吉野から和歌山の熊野にかけて続く、修験道の根本霊場である。

「それじゃあ、おれはどうなるんだ！」

牛笠の顔が蒼白になった。

「旅先で調伏の儀式をしてくれるそうだ」

「遠くでやっても効くのか？」

「怪を集める戯作を焼き捨てるのが一番だが、中野さまもあんたも商売。飯の食い上げになるのは気の毒。秘法を用いて調伏する――。修法師はそう言ったそうだ」

「そうか……。ありがたいことだ」

牛笙の体から力が抜け、ほぉっと大きな溜息をつく。

「それから念のためにと――」

無念は懐から四枚の短冊状の紙を出した。

「それはなんだ？」

「護符だ。これを家の外の四方に貼っておけば、幽霊は家の中に入って来ないんだぞうだ」

「そうか、そうか。それは安心だ」

牛笙は四枚の護符を受け取った。

「それじゃあ、そういうことで」

無念は腰を上げる。

「無念――。今夜、泊まってもらうわけにはいくまいか？」

牛笙は情けない顔で無念を見上げる。

「いいよって言いたいところだが――。ちょいと野暮用がある。少し遅くなってもいいかい？」

「いいとも、いいとも。明日の朝まで一緒にいてくれると心強い」

牛笙は媚びるような笑みを見せた。

「美味い酒と肴があればありがてぇんだがな」

無念は土間に降りて草履を履く。

「用意しておこう」

牛笠は何度も肯いた。


とっぷりと日が暮れた神田小泉町。

牛笠の家の障子からは行灯《あんどん》の明かりが漏れている。

金魚と無念は近くの路地に身を潜めている。貫兵衛は牛笠の家の中に、又蔵は敷地に忍び込んでいた。

金魚は髷を解いてざんばら髪にしている。白い屍衣《しい》を着た上から掻巻を羽織っていた。

「ちくしょう。寒いねぇ……」

「お前ぇが考えた兵略だろうが」無念はくすくすと笑う。

「我慢しな」

「分かってるよ――。ちくしょう、早く騒ぎを起こしやがれ」

金魚は震えながら鼻に皺を寄せた。

又蔵は盗人《ぬすっと》のような黒装束に頬被り。足音を忍ばせて家の周囲を回り、戸という戸に小さな楔《くさび》を打って、内側からは開かないようにした。一箇所だけ、明かりが灯る奥座敷の、庭側の雨戸だけは楔を打たなかった。

貫兵衛もまた黒ずくめで天井裏に潜んでいた。手には四つの布袋と、紐でくくった菓子箱を持っていた。

布袋はもぞもぞと蠢《うごめ》いている。箱からはかさかさと音がしていた。

天井板の隙間から下を見下ろす貫兵衛の顔は、座敷の行灯の光で細く照らされている。

眼下の座敷では、牛笙が大きな陶火鉢の前で、ちびりちびりと酒をなめていた。膳が二つ用意されていて、どこかの料理屋から取り寄せたのだろう、卵焼きや焙った鴨、寒鮠《かんばや》の甘露煮などの皿が並んでいる。

貫兵衛はにやりと笑って菓子箱を開ける。

小さい黒い影が飛び出した。その数十五。足音が四方に散る。

牛笙がびくりと天井を見上げる。

「鼠か？　この家には出たこともねぇのに……。ご馳走のにおいに誘われたか……」

その表情は不安げである。餌になるもののない牛笙の家には滅多に鼠は出なかった。

それが今日に限ってたくさんの鼠の足音――。

怪異の前触れか？

天井裏の貫兵衛は、今度は四つの袋の口を縛った紐を解いた。

袋を一つずつ逆さにして振る。

どさっと音を立てて枕ほどの大きさのものが天井板に落ちる。

猫であった。猫は袋の中に入れると大人しくなる性質がある。それを利用して貫兵衛は猫を天井裏に持ち込んだのであった。

にゃーご！

声を上げて猫が走り出す。

続けざまに四匹、袋から解放された猫は、天井裏を駆け回る。

下の座敷から声が上がる。

「なんだ！」

牛笙が恐怖に顔を引きつらせ、四つん這いになって天井を見上げている。

この家は以前三味線屋であった。

牛笙は、三味線の皮にされた猫の亡霊が現れたのだと思った。

貫兵衛は天井板の隙間に顔を近づける。口の中に溜めた唾を、下の行灯に狙いを定めて落とした。

唾の塊は過《あやま》たず行灯の燈明皿の芯に落ちて火を消した。

一瞬にして真っ暗になった座敷の中で牛笙の悲鳴が上がった。

楔を打たれていない雨戸を開けて縁側に忍び込んでいた金魚と無念、又蔵は、牛笠の悲鳴に笑いを堪える。

無念と又蔵は龕灯《がんどう》に火を入れる。

龕灯とは、桶のような覆いの中に蝋燭を入れて、正面だけを照らすようになっている携帯用の照明である。蝋燭は二つの金輪を組み合わせたものに立てられていて、龕灯を傾けても金輪が回転し、常に真っ直ぐに立つようになっている。捕り方が賊の探索に使うことも多かったので〈強盗提灯《がんどうちょうちん》〉とも呼ばれた。

無念と又蔵はその龕灯に、青い薄紙を張った金枠をはめ込む。強い光はぼんやりとした青白いものに変じた。

金魚は掻巻を脱いで屍衣になり、障子の前に立つ。無念と又蔵は龕灯でそれを照らした。

障子に青白い光が滲んだ。その中にざんばら髪の女の影が映じる。

「ひぇぇぇぇぇぇっ」

牛笠は叫び声を上げて這いずりながら隣の座敷に逃げようとする。

しかし、襖はびくとも動かない。又蔵が楔を打っていたのである。

「助けてくれぇ！」

牛笠は障子の影に向かって手を合わせた。

無念と又蔵が左右からゆっくりと障子を開ける。

屍衣の金魚の姿が露わになる。

「うわぁぁぁぁ！」

牛笠は絶叫した。

無念は龕灯を又蔵に渡すと庭に駆け出し、そのまま通りに飛び出した。

金魚は摺り足で牛笠に近づく。

「来るな！　来るな！」

牛笠は目の前の幽霊がなにかをくわえているのに気づいた。

金魚はくわえていた護符――、家の周りに貼っていた一枚を剥がしてきたものを、ぺっと牛笠の前に吹き飛ばした。

牛笠は目の前の畳に落ちた護符を見て、この幽霊には修法師の法力も効かないのだと悟った。

「お前か……。【練塀怪談二心の因果】の戯作者は……」

金魚はおどろおどろしく声を震えさせて言った。

「違います……」

牛笠は襖に背中を押しつけて激しく首を振る。

「嘘をつくなぁぁぁぁ」

金魚はずいっと牛笠に近づく。

「嘘です！　嘘です！　わたしが書きました！」

「捨てろ……。【練塀怪談】は捨てろ……。さもなくば、明日の夜も来るぞ……」

「捨てます！　焼き捨てます！」

牛笠が言った時、入り口の方で戸を開ける音がした。

「牛笠先生！　どうした！　叫び声が聞こえたぜ！」

と無念の声がした。

「無念！　無念！　助けてくれ！　幽霊が出たぁ！」

牛笠は入り口の方へ顔を向けて叫んだ。

金魚は、牛笠の目が自分から逸れた瞬間、素早く身を翻して座敷を飛び出した。

縁側の又蔵に言うと、金魚は庭に駆け出し塀を乗り越えてさっきまで隠れていた小路に飛び込んだ。隠しておいた風呂敷包みを開けて縞の着物を着込み、路地を立ち去った。

「あとは頼むよ」

貫兵衛と又蔵は、仕掛けの後始末をして夜の闇の中に走り去った。

無念は奥座敷に駆け込んだ。

急いで火鉢の炭火から檜《ひのき》の薄片に硫黄を塗った付木《つけぎ》に火を移して、行灯を灯した。

牛笠は部屋の隅に小さくなって震えていた。

「あっ。これは面妖な……」

無念はしゃがみ込んで畳に落ちていた護符を拾い上げる。

「幽霊が……くわえていた……」

牛笠は膳に這い寄って震える手で猪口に酒を注ぎ、一気に飲み干した。

「そいつは……。修法師の法力よりも強い怨霊だな」

無念は深刻そうな顔をして唸った。

「戯作を焼き捨てると約束したら消えた」

「そうか。それはよかった。それじゃあ早速燃やしちまおうぜ。稿本はここにあるのかい？」

「稿本は手元にあるが――。まだ燃やさねぇ」

牛笠は震える声で言いながらも、意地っ張りな顔を無念に向けた。

「さっき見たのはおれの気の迷いかもしれねぇし、もしかしたら調伏の儀式がまだ始まっていなかったから幽霊が出たのかもしれねぇ」

無念は内心、舌打ちをしながらも、

「確かにそうだな。様子を見ようか。真直《まんなお》しに飲もうぜ」

と膳の前に座って、徳利を取り上げた。

九

無念と牛笙は深更まで座敷で酒を飲み、そのまま掻巻をひっかぶってごろ寝をした。時々、天井裏を猫が走り回る音がして牛笙は怯えた。だが、二人が眠りにつく頃には猫たちはどこからか抜け出したらしく静かになった。牛笙はやっと猫の亡霊が去ったと安心して鼾をかきはじめた。

当然、それ以上の怪異は起こらなかった。

翌朝は、無念の方が先に起きた。勝手知ったる他人の家、台所の竈《かまど》に火を熾《おこ》して米を炊き、大根と葱の味噌汁を作った。回ってきた棒手振《ぼてふり》の惣菜屋から煮物を買って適当な皿に盛り、どんぶり飯と共に膳に載せて座敷に運んだ。

足で障子を開け、掻巻を被って丸くなっている牛笙の側に膳を置いた。

「おい。飯ができたよ」

声をかけながら、自分の膳の味噌汁を啜る。

「ああ……。すまねぇ」

牛笙はむっくりと起きあがる。

髪は寝乱れ、顔は二日酔いで浮腫《むく》んでいる。

「味噌汁は、蜆屋《しじみや》が回って来なかったから大根と葱だが、塩っからくしてあるから、二日酔いに効くぜ」

「ありがてぇ」

牛笙は湯気の立つ椀に口を寄せ、ふうふう吹いてから啜った。

「ああ……胃の腑に染みるねぇ」

牛笙がほっとしたような笑みを浮かべた時、入り口の方から声がした。

「朝っぱらからすまぬが、牛笙どのはご在宅か？」

弱々しく装った中野勝之慎の声である。

「あっ。中野さま」

無念は素早く立ち上がり「牛笙先生は食ってな」と言って入り口に走った。

土間には勝之慎と山伏装束の貫兵衛、そして金魚が立っていた。

勝之慎は、墨と紅を混ぜたものを目の下に塗って赤黒い隈を描き、窶《やつ》れた表情を作っている。貫兵衛はさすが元御庭番。装束もぴったりで修法師の先達然とした姿であった。

金魚は甲螺髷《ばいまげ》に珊瑚玉の簪。黒塗りの櫛には梅花の意匠。井桁絣《いげたがすり》の着物に氷梅《こおりうめ》の綿入れを羽織っている。

「なんでぇ。お前ぇも来たのかい」無念は金魚を見ながら言った。

「牛笙先生に面が割れてたらどうするんでぇ」

「昨夜《ゆんべ》の様子じゃぁ、あたしの顔なんか覚えているもんか。あたしが考えた兵略の済み済ましは、ちゃんとこの目で見たいからねぇ」

金魚は顎を反らす。

「まぁ、来ちまったもんは仕方がねぇや。あと一押し。よろしく頼むぜ」

無念は金魚たちを奥座敷に誘《いざな》う。

牛笙は無念、勝之慎、金魚と共に座敷に現れた修法師に、驚いた顔をして箸と椀を置き、座り直して背筋を伸ばす。金魚の顔は覚えていないようであった。

「それがしは修法師の天慶坊《てんぎょうぼう》と申す者。昨夜、旅先での調伏にしくじり、慌てて引き返して参ったが――。どうやら無事であったようだな」

貫兵衛は大きく吐息を吐いてあぐらをかいた。

「そっちにもなにかあったんでござんすか？」

牛笙は、勝之慎の顔を見た。

「そっちもと言うことは、こっちにもあったか？」

勝之慎は弱々しい声で言った。

「へい――。肝を冷やしました」

「こっちもだ。清と名乗る亡霊が現れて『本を出したら七代祟ってやる』と言った。おれには妻子はないから七代祟れはせぬとうそぶいてやったら、ならば地獄の苦しみを味わわせてやると言われて――」

「どうなりやした？」

「地獄巡りをさせられた。それはもう筆舌に尽くしがたい責め苦でな――。恐ろしい拷問の最中、突然ふっと気が遠くなった。気がつくとわたしは座敷に倒れていて、そばに天慶坊さまがいた。何十年も地獄を彷徨《さまよ》い歩いたはずなのだが、まだ夜も明けてはいなかった。黄粱一炊《こうりょういっすい》の夢とはあのことだな」

勝之慎は一つ溜息をつくと、「これを見よ」と言って着物の上をはだけた。

腹から背中にかけて、十数枚の膏薬が貼られていた。もちろんその下に傷はないのだが――。

「ただの夢ではなかった証拠に、鉄棒でさんざん叩かれた所が赤黒い痣となっていてひどく痛むのだ」

「わしがもう少し遅ければ危ないところだった」

貫兵衛はまじめくさった顔で言った。

「貴公はどうやって助かった？」

勝之慎が訊く。

「稿本を燃やすと言ったら消えやした――」

「それがよい。それがよい。わたしはあのような恐ろしい目にあうのはこりごりなので、これを返しに参った」

勝之慎は懐から【練塀怪談】の副本を出して牛笙の前に置く。

「筆耕から手を引くと――？」

「当たり前だ。天慶坊さまはすぐにもお焚上《たきあげ》をと仰せられたが、貴公がまだ本を出すつもりならば副本を返さなければならぬと思い、持ってきたのだ。貴公も稿本を燃やす決心をしたのなら安心。天慶坊さまに預けるがよい」

「へぇ……。そのようにいたしやしょう」

「でもよぉ……」無念は言った。

「版元の方はいいのかい？　急に出さねぇなんて言い出せば揉めるぜ」

「命あっての物種だ。なんとでも言いくるめるさ」

牛笙はのろのろと立ち上がり、仕事場へ向かった。

それまで黙って成り行きを見守っていた金魚はにやりと笑う。

「うまくいったね」

「これで宮尾家は一安心だな」

勝之慎がほっとしたように言う。

すぐに足音が戻ってきて、牛笙は貫兵衛の前に座って稿本を置いた。

「お焚上、よろしくお願いいたしやす」

「うむ。預かろう」

貫兵衛は鷹揚に肯いて懐から鬱金《うこん》染めの布を出し、勝之慎の副本と牛笙の稿本を包んだ。

「今から大峰山へ向かい、かの地でお焚上をいたす。その方が強い法力で調伏ができ、今後一切の憂いを取り除くことができる」

「今夜は……、大丈夫でござんしょうか？」

　牛笠が心配そうに貫兵衛を見る。

「安心いたせ」貫兵衛は黄色い包みをぽんぽんと叩く。

「大元はわしが預かって行くのだ。たった今より、其の方にも中野どのにも災厄は降りかからぬ」

「左様でござんすか」牛笠は大きく息を吐く。

「よろしくお願いいたしやす」

　と頭を畳に擦りつけんばかりにお辞儀をした。

「ところで――」

　頭を上げた牛笠は、怪訝な顔を金魚に向ける。

「お前ぇさんは誰でぇ？」

「ああ、申し遅れました。あたしは薬楽堂で世話になっている鉢野金魚って者でございます」

「ああ――。【春爛漫　桜下の捕り物】の戯作者か。鉢野金魚は女だったのかい」

　牛笠は言った。

「以後、お見知り置きを」

　金魚は科《しな》を作ってお辞儀した。

「お前ぇ、自分が関わった出来事を戯作にしてるだろう」

牛笙は鋭い目で金魚を見る。

「ご明察でございますよ」

金魚は驚いて言った。

「文を読めば分からぁ」

「拙著を読んでくださったので？」

金魚は顔を輝かせる。

「読んだよ。なかなか面白ぇものを書く」

「お陰さまで忽ち増刷でございます」

金魚は得意げに言った。

牛笙はしかめっ面になる。

「今、お前ぇさんがここにいるのは、さしずめ今回の顛末を戯作にしようって魂胆だろうが――、それは許さねぇぜ」

「なぜでございます？」

金魚は柳眉を逆立てる。

「おれはこの一件で、せっかくの戯作を一作ふいにした。それをネタに誰かに儲けられるのは癪に触る」牛笙は怖い目で金魚を睨んだ。

「それに、お前ぇに書かれるくれぇなら、おれが書く」

「どっかで聞いた台詞だ」

金魚はちらりと無念を見た。無念は以前、自分が体験した怪異を金魚に聞かせたことがあった。金魚がそれを書きたいと言うと、牛笙と同じ言葉を発したのである。

無念は知らん顔である。

「この一件、書くんじゃねぇよ」

牛笙は念を押した。

金魚は返事をせずに、ぷいっとそっぽを向いた。


金魚たちは牛笙の家を辞した。

金魚と無念は薬楽堂へ向かい、勝之慎は自分の家へ、貫兵衛は宮尾家へ報告に走った。

金魚は仏頂面である。並んで鳥越橋を渡りながら、無念が口を開いた。

「家で大人しくおれたちの知らせを待ってりゃよかったのによぉ。藪をつついて蛇を出しちまったな。当事者にああ言われちゃあ、戯作で他人さまに迷惑をかけたくねぇお前ぇは書けねぇよな」

「ふん。今は書けなくても機会を見て必ず書いてやるよ。あたしが化けた幽霊に、牛笙の野郎がどれだけ怯えたかを微に入り細を穿つ描写でね。題名は【娘幽霊　初春の誑《たばか》り】に決めてる」

「その題はネタを割ってるぜ。第一、今回の件は大旦那に内緒にしているんだから、薬楽堂からは出せねぇ」

「薬楽堂だけが地本屋じゃないよ。あたしの腕なら、そのうち江戸中の地本屋から注文が殺到するさ」

「いいねぇ。駆け出しの戯作者は夢がでかくて」無念は溜息をつく。

「そのうち世の中の世知辛《せちがら》さが、嫌って言うほど身に染みることになるぜ」

「そう考えちまったらもう負けじゃないか。読み手に一時の楽しみを与える戯作者が、辛気くさい気持ちで筆を取ったら、面白い話も面白くなくなるよ」

金魚はにっこりと笑って駆け足になる。

楽しげな下駄の音が鳥越橋を渡っていった。

どこからか気の早い梅の香りが漂ってきた。

生《いき》魑魅《すだま》　菖蒲の待ち伏せ

一

五月――。

端午の節句も間近で、江戸はあちらこちらの小路に菖蒲《しょうぶ》の香りが満ちていた。節句の魔除けの飾りに使ったり、子供たちが地面を叩く菖蒲打ち用の菖蒲の葉を売る店や棒手振《ぼてふり》が香りを振りまいているのである。

梅雨入り間近だが、空は爽やかに晴れ渡っている。

浅草の書物屋《しょもつや》、多嘉良屋《たからや》の女中ひさは、深川での用事を終えて、風呂敷包みを抱え両国橋を渡っていた。次は米沢町一丁目に住む学者へ、主《あるじ》からの文を届ける。

書物屋とは、医学書や辞書、古典、歴史書、儒学書などお硬い物の本を扱う本屋である。この当時、物の本と草紙の類の地本には明確な区別があり、物の本が上、草紙などは下とされていた。それを制作して売る本屋も書物屋と地本屋《じほんや》に分かれていたのだが、中には物の本も地本も両方扱う本屋もあった。

江戸時代の本屋は新刊本の印刷、出版、販売ばかりでなく、古書も扱った。私家版の本や手書きの写本などの買い取り、販売も行っていた。

多嘉良屋は当代で二代目と、まだ新参の店であったが、先代からの稀覯本《きこうぼん》の収集、販売などでも有名であった。

川向こうの両国広小路には筵《むしろ》掛けの芝居小屋、見世物小屋が建ち並び、大勢の人々が往き来しているのが見えた。

ひさが橋の真ん中辺りまで渡った時、前から人相の悪い三人組が歩いて来た。縞や格子の着物をだらしなく着流した町人である。行き過ぎる女たちに下品な言葉を投げかけ、からかっている。

絡まれたら厄介だ――。

ひさは胃の腑がきゅっと縮まるような恐怖を感じて、前を歩く男の後ろに隠れるようにして欄干のそばを歩いた。

「おい」

声が聞こえ、ひさはびくりと震えたが、知らないふりをして足を速める。

「おい。女。お前《め》ぇのことだよ」

三人組がさっとひさの前に回り込んだ。

男たちの囲みを抜け出そうと、右へ左へ足を踏み出したが、薄ら笑いを浮かべた男たちは巧みにひさの行く手を塞いだ。三人とも昼間からだいぶ飲んでいるようで、顔が赤く息が酒臭かった。

ひさは風呂敷包みをぎゅっと抱き、足元を見つめた。体が震え始める。

「お前ぇ、名前はなんていうんだ?」

一人がひさの顎を摑んで上向かせた。

細面の優男だったが、にやついたその顔は邪悪に見えた。

「おれたちは今から深川で飲もうと思ってるんだけどよ、どうだい、つき合わねぇか？」

「ご用の途中なのです……。ご勘弁ください……」

ひさはやっとの思いで消え入りそうな声を出した。

橋を行く者たちは足を止め、遠巻きに成り行きを見守っている。そ知らぬ顔で足速に通り過ぎる者も多かった。

「やめときなよ」

という弱々しい声が聞こえたが、

「なんだと！　ぶん殴られてぇか！」

と三人組の一人が脅すと、声をかけた男はこそこそと逃げ出し、遠巻きにしていた者はさっと散ってその場を離れた。

「なぁ。酌をするだけでいいんだよ。つき合えよ」

優男はひさの腕を摑んだ。掌が生暖かく湿っていて、ひさの全身に鳥肌が立った。

「そんな小娘を虐めるんじゃねぇよ。酌をして欲しけりゃあ、銭を払って玄人《くろうと》にしてもらいな」

今度は張りのある若い男の声であった。

「なんだ、手前《てめ》ぇ！」

三人組はさっと声の主の方を向いた。

三筋格子の着物を着た、若い男が立っていた。身の丈は五尺五寸（約一六五センチ）ほど。ほっそりとして、腕っ節が強いようには見えない。

ひさはその男を知っていた。

日本橋亀井町に住む摺《す》り師《し》の富五郎《とみごろう》である。摺り師は版摺方《はんずりかた》とも言った。

「富五郎さん……」

富五郎は多嘉良屋の仕事もしているので、よく知っているのだが――。大人しくて、ならず者と喧嘩するような男ではない。しかし目の前の富五郎は人が変わったように堂々と三人組を見据えている。

他人の空似――？

そう思った瞬間、富五郎はひさを見て、

「おひさちゃん。ちょっと待ってな。今、このお兄さんたちに話をつけるから」

ひさの名を知っているのだから、他人の空似のはずはない。

富五郎さん、三人を相手に喧嘩をするつもりなのかしら――。

ひさは心配になった。

「いい度胸してるじゃねぇか」

三人組の中で一番図体の大きい男が富五郎に歩み寄って胸ぐらを摑もうとした。

その瞬間、富五郎の膝が男の股間を蹴った。

激痛にうずくまる男の横っ面を、富五郎は拳骨で殴りつける。

男はよろけて欄干に倒れ込み、平衡を失って大川へ落ち、水柱を上げた。

橋を往来する人々は驚いて足を止め、悲鳴を上げる女もいた。

「手前ぇ！」

二人の男が富五郎に殴りかかる。

右の男の拳を左手で払い、右脚の蹴りで男の脛を払う。こちらの男ももんどり打って欄干を飛び越えた。

突っ込んで来るもう一人をぎりぎりまで引き寄せると、富五郎は膝を曲げて姿勢を低くした。

男の腹に頭突きを食らわせながら、一気に膝を伸ばす。

背中に乗った男の体は、くるりと一回転して川へ落ちる。

騒ぎを聞きつけて野次馬が橋の両側から駆け寄ってきた。その中に、橋番人と同心の姿も見えた。

「ならず者より厄介な奴らが来やがったぜ」

富五郎は苦笑してひさに顔を向け、

「じゃあ、またな」

と言って深川の方へ逃げ出した。

ひさは呆然とその後ろ姿を見送った。

ならず者に絡まれたことや、目の前で喧嘩を目撃してしまった恐怖が少し落ち着くと、今まで見たことのない強い富五郎の姿に対する驚きがひさの心にじわじわと広がっていった。

二

鉢野金魚《はちのきんとと》は、いつもと違う道を歩こうと思いつき、両国広小路から米沢町の小路に入り込んだ。今日のいでたちは、黒襟をかけた鳥の子色の千筋の着物と黒地に金の二筋模様の帯。髪は甲螺髷《ばいまげ》に結って翡翠《ひすい》玉の簪《かんざし》を一本挿している。

武家地や村松町の通りを抜けて、浜町堀に架かる高砂橋の袂に出た。いつも渡る汐見橋は、橋三つ向こうである。

対岸に帳屋の益屋《ますや》が見えた。

金魚は元旦に出会った若旦那の慎三郎《しんざぶろう》を思い出した。

「ちょいと覗いて驚かせてやろうかね」

金魚は悪戯心を起こして益屋に近い高砂橋まで走った。橋を渡りきる前に、益屋の暖簾をくぐって、慎三郎が顔を出した。

慎三郎は栄橋の上に金魚の姿を見つけ、驚いたような顔をして駆け寄って来た。

「これは、金魚さま。お久しぶりでございます」

　慎三郎は深く腰を折った。

「店に顔を出してあんたを慌てさせようと思ったんだけどね」金魚は慎三郎が抱えた風呂敷包みを見た。

「急ぎの用事かい？」

「いえ、その……」

　慎三郎は口ごもる。

「ははぁ」金魚はにやりとした。

「寮に新しい戯作が入ったかい」

「はい……」

「それじゃあ、急がないんだね」

「はい……」

「あっ。いいことを思いついた！　急がないんだったら、ちょいとあたしにつき合いなよ。あたしの戯作のどんなところが好きか、聞かせておくれ。薬楽堂《やくらくどう》の連中やほかの本屋の旦那らもなんやかやと言ってくるんだけど、みんな重箱の隅をつつくような話ばかりでさ。あんたなら褒めてくれるだろう？」

「そりゃあ、もう……」

「戯作者なんて孤独な仕事でさ。いつも部屋に閉じ籠もって紙に筆を走らせてる。外に出ない日にゃあ、誰とも話をしない。聞こえてくるのは褒め言葉より貶《けな》し言葉が多い。あたしは褒め言葉に飢えてるんだよ。さっ、つき合っておくれ」

金魚は慎三郎の袖を引っ張る。

「あの……、人目がございますから」

慎三郎は金魚に目配せをして栄橋を益屋と反対の久松町側に渡った。

「ああ、そうだったねぇ」

金魚は慎三郎から少し離れると「ついておいでなさいな」と言って歩き出した。

浜町堀沿いの道を高砂橋まで下り、橋を渡って高砂町の道を六十間川の方へ進む。

親父橋を渡って堀江町、小網町を抜け、伊勢町堀に出たところで、慎三郎は不安そうな顔をして訊いた。

「あの……。どこへ向かっているのでございましょう？」

「もうすぐそこだよ」

金魚は荒布橋を渡って伊勢町堀沿いの道を歩く。伊勢町堀は伊勢町のあたりで直角に左に曲がり、橋を渡ると堀留であった。

その堀留近く、雲母《きらず》橋北詰めの伊勢町河岸に居酒屋〈ひょっとこ屋〉があった。日本橋北、内神田から両国浜町辺りに住む戯作者の溜まり場ともなっていて、金魚や無念も時々利用していた。

「ごめんよ」

と暖簾をくぐると、昼時前とあって長床几《ながしょうぎ》や小上がりに客の姿はなかった。

厨房から主の弥次郎《やじろう》が顔を出す。元漁師で、四十を少し出たばかりであったが、日焼けして皺深い顔は年より老けて見えた。

「よぉ金魚ちゃん。久しぶりだねぇ――。おっ、ずいぶん羽振りの良さそうなお客さんと一緒じゃねぇか」

「あたしのご贔屓さんなんだよ。人に見られたくないから、二階、いいかい？」

「お忍びかい？　隅に置けねぇな」

弥次郎はにやにや笑う。『お忍び』と聞いて、十五、六の、ほっぺたの赤い丸顔の娘が顔を出した。〈ひょっとこ屋〉の小女、みよも同様の想像をしているようで、興味津々の顔である。

「とある大店の若旦那なんだけど、お父っつぁんが戯作を読むのを許さないんだってさ」

「金魚さま……」

慎三郎は弥次郎とみよから顔を隠すように背けながら、金魚の袖を引っ張った。

「なーんだ。色っぽい仲じゃないんですか」

みよは興味を失ったように顔を引っ込めた。

「お酒をお願いするよ。肴はなにか見繕っておくれ」

金魚は言って、慎三郎に手招きすると二階への階段を上がった。

雲母橋と伊勢町堀を見下ろせる二階の六畳に入り、金魚は慎三郎と向き合って座った。

「で、あたしの戯作のどんな所が好きだい？」

金魚は慎三郎の顔を覗き込む。

慎三郎は恥ずかしそうに目を逸らすと、

「金魚さまのお作を読むと、景色がまるで目の前に見えるように思えます」

と答えた。

「なるほど、なるほど。色々と工夫してるんだよ。で、それから？」

金魚は身を乗り出す。慎三郎は膝で後ずさる。

銚釐《ちろり》と猪口《ちょこ》、香の物の小皿を載せた膳を持って上がってきたみよが、慎三郎の様子を見てくすくす笑いながら下へ戻る。

「こら、おみよ」金魚は階段に向かって声をかける。

「お客に失礼だろ！」

「はーい。失礼しました」

と声が返ってきた。

金魚は慎三郎に向き直って、改めて促した。

「それから？」

「女主人公の椎葉《しいば》がとても生き生きしていてようございます。女だてらに、男たちと堂々と張り合う所など、男のわたしも胸のすく思いがいたします」

金魚の本は【春爛漫　桜下《おうか》の捕り物】のほかに【尾張屋敷　強請《いたぶ》りの裏　巻之一】も出ていたが、薬楽堂の者たちと解決してきた事件が元になっている。その主人公が南町奉行所同心、梶原彦左衛門《かじわらひこざえもん》の娘、椎葉であった。梶原椎葉――。金魚が吉原の松本屋にいた頃の源氏名、梶《かじ》ノ葉《は》からつけた名であった。

「ふーん。男でもそう思うかい。そいつは嬉しいね。で、これからどんな話が読みたい？」

「そういうことを申し上げてもいいのでございますか？」

慎三郎は驚いた顔で金魚を見た。

「この店には戯作者が多く集まるんだけど、読み手もよく飲みに来るんだよ。そいつらの中には、話の内容もよく読み込めないくせに、なんだかんだと文句をつけやがる奴らもいるんだ。で、戯作者らは『読み違えしてるのも気づかねぇで、偉そうに喋るんじゃねぇよ、このばかが。ほれ、みんながせせら笑ってるぜ』とか、『書けもしねぇど素人のくせに、利いた風なことをぬかすんじゃねぇ！　手前ぇらみてぇな奴らは、こっちが出した本をありがたがって読んでりゃあいいんだよっ！』って喧嘩にもなったりするんだけどね」

「わたしは、書けもしないど素人でございます……」

慎三郎は小さくなる。

「違う、違う。大人げない戯作者は喧嘩をするけど、あたしはそんな奴らとは違うよ」

金魚は胸を張って見せる。

「ちゃんと受けとめる度量があるからね。読み手がどんなものを求めているか、それを知って戯作に生かすことも必要だと思ってるのさ」

「左様でございますか……。金魚さまに書いて欲しい話……。今まで考えたこともございませんでした。ただただお作が面白く、まるで自分が物語の中に入り込んでしまったかのように感じられて……。わたしが望みますのは、次のお作を疾《と》く疾く読みたいということでございます」

「そいつは薬楽堂をせっついてもらわなきゃ」金魚は笑った。

「あんたは、ほんとにいいご贔屓さんだねぇ」

それから一刻（約二時間）ほど、金魚は慎三郎に自作を褒めさせて、いい気分になって別れた。


金魚がほろ酔い加減で薬楽堂の暖簾をくぐると、土間では数人の客が棚に並べられた草紙や吊るされた錦絵を品定めしていた。

帳場に目を移すと――。

薬楽堂に居候している戯作者の本能寺《ほんのうじ》無念《むねん》がいるかと思いきや、小柄な老女が座っていた。形のいい鼻梁に、バネで留める鼈甲《べっこう》の眼鏡をかけて、柳鼠《やなぎねず》の鮫小紋に眼鏡と同じ鼈甲の簪と櫛を挿している。誰かの本を熱心に読んでいた。

「あれ。どなたさんだい？」

金魚は板敷に腰を下ろして老女に声をかけた。

老女はゆっくりと顔を上げ、

「昼間っからご機嫌な様子でどなたさんと問うそちらさんこそ、どなたさんだい？」

江戸っ子口調であったが、微かに奥州あたりの抑揚があった。

「だいたい察しがつくけどね」

老女はにやりと笑うと、膝の上に置いた本を閉じて、ぽんぽんと叩いた。

【尾張屋敷　強請りの裏　巻之一】の題が書かれている――。金魚の本であった。

「あんた、鉢野金魚だね」

「ははぁ。こっちも察しがついたよ」金魚が言った。

「あんた、只野真葛《ただのまくず》だろう？」

「只野さまとか真葛さまとか――。せめて真葛さんと呼びな。これでも武家だ」

只野真葛は、仙台伊達家、江戸藩邸詰めの医師、工藤平助《くどうへいすけ》の家に生まれた。本名は綾子《あやこ》。藩邸外に家を持つことを許されていたので、築地の屋敷で育った、と記録に残っている――。

仙台藩、彦根藩井伊《いい》家の奥女中として十年ほど勤め、数え二十七の年に結婚。しかし、すぐに離縁。実家に戻った。

築地の実家は火災にあって焼失していて、その後浜町に家を借りたが、その頃は日本橋数寄屋町に住んでいた。

数え三十五の年、仙台藩の江戸番頭只野行義《つらよし》と結婚。互いに再婚であった。

行義は仙台藩の若君松千代の守り役であったが、松千代が藩主となったために役を免じられ、仙台に戻ることになった。

以後、真葛は仙台で暮らしていたのだが――。

金魚は、『長右衛門《ちょうえもん》の幼なじみの武家の女で、今は仙台に住み随筆を書いている。曲《きょく》亭馬琴《ていばきん》に才を認められ、自作【独考《ひとりかんがえ》】の添削と出版を依頼したが、急に絶縁され、腹を立てて江戸に出てきて、その稿本を薬楽堂に持ち込んだ。江戸では築地南飯田町の知り合いの侍の家に厄介になっている』ということしか聞かされていない。

【独考】とは、真葛が書いた思想書である。

真葛は今をときめく馬琴に才を認められた女。金魚は羨望と尊敬のない交ぜになった思いで、一度は会って話をしてみたいと思っていたのであった。

その真葛が自分の本を読んでいる。

心が浮き立つ金魚であったが、それを表に出してはみっともない。平静を装い、

「真葛さん。それ、どうだった？」

と自分の本を顎で差して素っ気なく訊く。

「まだ一巻だ。どうとも答えられないよ。【春爛漫】は全巻読ませてもらったが、怪

異の謎解きはなかなか面白かった」

「だろ？」

金魚は自慢げに笑う。

「だがね、金魚。怪異というのは奥が深い。全部が全部、見間違いや気のせいではすまされないよ」

「無念と同じようなことを言いやがる」

金魚は鼻に皺を寄せる。

「まぁ、そのうちに本物に出会うだろうさ――。その風呂敷包みは【尾張屋敷】の続きかい？」

「ああ。最後まで書いて持ってきた。先に大旦那が読むから、その次に読んでいいよ」

「そうさせてもらうよ」

真葛は肯いた。

「真葛さんは去年の末だか、今年の初めだかに仙台から出て来たって聞いたが、まだ帰らなくていいのかい？」

「帰るに帰れないんだよ」真葛は苦笑する。

「必ず【独考】を本にして出すって啖呵《たんか》を切って出て来たからねぇ」

「【独考】は、馬琴先生に添削してもらったんだって？」

「ああ。朱を入れた稿本を返してもらった。【独考】への反論の【独考論】の稿本と一緒にね――」

「馬琴先生は反論のために一冊書いたのかい？」

「ああ。【独考論】は【独考】より随分分厚かったよ。そんなもんを書く暇があったら、【八犬伝《はっけんでん》】の続きを書きゃあいいのにさ」

馬琴の【南総里見八犬伝《なんそうさとみはっけんでん》】は、江戸で大変な人気で、新刊が出ると飛ぶように売れていた。

「それで、馬琴先生と喧嘩してやろうって江戸に出て来たのかい」

「まぁ、そんなところさ」

「で、どうだった？　一つ二つ、拳骨を見舞ってやったかい？」

「家に殴り込もうかと思ったが、みっともないからやめた」真葛は鼻に皺を寄せた。

「すぐに田舎に帰るのも癪だし、帰れば【独考】はどうなったって訊かれるだろうから、知り合いの家を転々としながら去年の暮れから江戸にいる」

「しかし、なんだねぇ。仙台と江戸では、稿本のやりとりも大変だったろう。飛脚に頼んでも十日前後かかる」

「まぁね。馬琴先生との草稿や書簡のやりとりは、江戸に住んでいる妹、萩尼《はぎのあま》が仲介してくれた」

萩尼とは、真葛の妹の拷子《たえこ》のことである。拷子は仕えていた田安《たやす》家の息女定姫が没したので剃髪し萩尼と名乗っていた。

「あんたが真葛で妹が萩かい」

「わたしには六人の弟妹がいてね。親はわたしも含めて秋の七草のあだ名をつけたんだよ」

「風流な親だねぇ」

本能寺無念にしか打ち明けていないことであったが、金魚は幼い頃、親の手で遊廓に売られた。だから、我が子を秋の七草の名で呼ぶ親に育てられた真葛を羨ましく思った。

「馬琴先生は、あんたが江戸に来ていることを知っているんだろう？」

「萩尼には、馬琴先生には内緒にしてくれと頼んだ。江戸に来てから、二度ほど書簡のやりとりをしたが、馬琴先生はわたしが仙台にいるものと思い込んでいた。今でもわたしが江戸にいるなんて露ほども考えちゃいないだろうよ」

「馬琴先生に袖にされたんで、なんとか【独考】を世に出したいってんで、薬楽堂を訪ねたんだね」

「幼なじみの長右衛門が地本屋をやっているのを思い出してさ」

「草紙屋《そうしや》、草紙屋。そう言わないと大旦那は渋い顔をするよ」

金魚は言った。長右衛門は江戸風に地本屋と呼ばれることを嫌っていた。

「下らないこだわりだよ――。まぁ、草紙屋は【独考】のような本は出さないって知ってたけどさ。溺れる者はなんとやら。相談したら、長右衛門が読んでみたいと言うから、【独考】を預けたんだ。それで、【独考】は無理にしても、なにか本を出したいって言ってくれた。だから、昔書いた【むかしばなし】【奥州波奈志《おうしゅうばなし》】なんかを預けた。今日は、そろそろ読み終わった頃だと思って訪ねて来たのさ」

「だけど、大旦那はいなかったってことかい？」

「いや。忙しくってまだ全部は読み終わってないなんて言いやがった。さっき、『今読むから店番をしててくれ』って奥へ行った」

「旦那の短右衛門《たんえもん》は？」

「旦那も、番頭、小僧も、本能寺無念も出払っているんだとさ——。で、暇つぶしにってあんたの本を預けられたってわけさ」

「暇つぶし……」

金魚の目が見る見る三角になる。

「怒りなさんな。戯作ってのは、一時《ひととき》別の世に遊ぶ暇つぶしじゃないか。面白い戯作だからこそ暇をつぶせるのであって、下らなきゃすぐにぽいっと放り出されるよ」

三

綿入れを羽織った摺り師の富五郎は、墨や膠《にかわ》のにおいの漂う日本橋亀井町の長屋の板敷で、薬楽堂の小僧、竹吉《たけきち》と向かい合って座っていた。顔色は青白く、月代《さかやき》は少し伸び、無精髭も浮いている。

薬楽堂の小僧は二人いて、もう一人の松吉《まつきち》は少し抜けたところがあるので、短右衛門は店の用事にはもっぱらしっかりして機転の利く竹吉を使っていた。そのせいで長右衛門や金魚、無念が用事を言いつけるのは松吉になることが多かった——。

板敷は四畳半。富五郎の仕事場である。奥の六畳が寝室になっていた。

板敷には机や墨、絵具の皿、紙の束を重ねた棚などがきちんと並べてある。

「——それで、お加減はもういいのでございますか？」

竹吉は心配げに聞いた。縞のお仕着せに紺の前掛け姿である。

「へい。今朝は粥が喉を通りやした」富五郎は小僧相手に丁寧な言葉遣いで言った。

「明日には始めやすから、お約束の期日には十分仕上げられやす」

富五郎は薬楽堂から出す本の摺りを依頼されていたのだった。締め切りまであと十日ほどあったが、竹吉は旦那の短右衛門に命じられて様子を見に来たのである。富五郎はきちんとした仕事をするので締め切りに遅れたことはない。だが、富五郎が寝込んでいると聞きつけた心配性の短右衛門は『念のために』と竹吉をよこしたのであった。

「こんな季節に、災難でございました」

「へい。四日ほど前、朝方急に冷え込んだ日がございましたでしょう」

「へぇへぇ。うちの松吉なんか、厠へ行くのを億劫がって、寝小便をしちまいました」

「あの日にやられちまったようなんで――。昨日まで寝込んでおりやしたが、仕事は早めに進めておりやしたんで、心配ござんせんと、大旦那と旦那にお伝えくださいやし」

「大旦那も旦那も、仕事の方は心配しておりませんよ。富五郎さんは仕事が速いから。戯作者や絵師の皆さま方に爪の垢を煎じて飲ませてぇくれぇだと、大旦那は仰ってお ります」

「もったいないこって」

富五郎が頭を掻いた時、腰高障子に影が映り、若い女の声がした。

「ごめんくださいまし。多嘉良屋のひさでございます」

「へい……。どうぞお入りになって」

富五郎が言う。

「商売繁盛のようで」

竹吉は大人びた笑顔を作って富五郎に向ける。

腰高障子がからりと開く。

「あら、竹吉さんもいたのね」

戸口に立ったひさは薬楽堂の小僧がいることに一瞬驚いた表情をしたが、すぐに気を取り直したように富五郎に顔を向けて、

「富五郎さん。昨日はありがとうございました」

ぺこりと頭を下げた。

「旦那さまに話したら、ちゃんとお礼をしてきなさいって言われて——。これ」

ひさは三和土《たたき》に入って、風呂敷包みを差し出した。板敷に座っていた竹吉がそれを受け取って富五郎に渡す。

「これはなんです？」

富五郎は眉をひそめる。

「美濃屋の寿饅頭。前の摺立《すりたて》のお八つに出て、富五郎さん、『美味い、美味い』って食べてたでしょ——。そうそう。摺立の話もしなきゃならなかった。明後日あたりから泊まり込みで仕事を頼みたいからついでに訊いておいてくれって言われたんだけど、大丈夫かしら？」

摺立——、摺りの作業の時には、数人、時に十人を超える摺り師が版元に泊まり込んで仕事をする。薬楽堂では中庭に専用の小屋を造っていたが、ほかの版元では版木を保管してある蔵に寝泊まりした。

「明後日の何時《なんどき》からで？」

富五郎はちらりと竹吉を見た。

「昼過ぎから来てほしいって」

「ああ——。薬楽堂さんの仕事はその頃には終わっていやす」富五郎はほっとしたように言った。

「仕事の方は大丈夫ですが……。あっしはこんなものをもらう覚えはありやせんよ。それに、昨日のことってなんでござんす？」

「惚《とぼ》けなくてもいいでしょ。竹吉さんがいるから恥ずかしいの？」

ひさは小さく笑う。

「風邪を引いちまいまして、昨日はずっと家で寝てましたよ」

「嘘。ちゃんとお話ししたじゃない——。でも、富五郎さんがあんなに強かったなんて知らなかった。柔術かなにか習ってるの？」

「さっぱり分からねぇ……。なんの話をしてるんで？」

富五郎は困惑した顔になる。

「ちょっと待ってください」竹吉は腕組みをして、首を傾げる。

「おひささんは、昨日どこで富五郎さんにお会いになったんで？」

「両国橋。酔っぱらいのならず者に絡まれているところを助けてもらったの」

「他人の空似ってことはござんせんか？」

竹吉は訊いた。

「ちゃんとお話ししたって言ったでしょう。富五郎さんもあたしの名前を呼んだし。富五郎さんと同じ顔をしている知り合いなんていないわ」

「富五郎さん、ご兄弟は？」

「姉と妹がおりやす」

「ご親戚で、富五郎さんにそっくりな方はいらっしゃいやせんか？」

「いや……。心当たりはございやせんね」

「いたとしても、あたしの顔と名前を知っているわけはないでしょ」ひさは膨れっ面をした。

「あれは確かに富五郎さんよ」

むきになって言うひさに、富五郎は困った顔をして、竹吉は眉根を寄せ、一瞬黙り込んだ。

しかし、竹吉はすぐにひさが経験したことに似た話を思い出して口を開く。

「なるほど——。富五郎さんは風邪を引いて四日寝ていた。だけど、おひささんは、昨日両国橋で富五郎さんに助けられたと仰る。こいつはあれでござんすよ——」

竹吉は天井を見上げて、あれをなんと言ったのか必死で思い出そうとした。

「あれってなによ」

ひさが急かすように訊く。

「少々お待ちを。今、思い出しやすからね——。えーと、スダマ……スダマ。あっ、生魑魅《いきすだま》だ！」

「生魑魅……」

富五郎とひさは顔を見合わせた。

生魑魅とは生き霊のことである。

「風邪で朦朧《もうろう》としていた富五郎さんの体から、生魑魅が抜け出したに違いありやせん。確か、【源氏物語】のロクジョウのなんたらでござんす」

「六条御息所《ろくじょうのみやすどころ》ね」

六条御息所は【源氏物語】の登場人物で、主人公光源氏の愛人。正妻の葵上《あおいのうえ》に嫉妬し、生き霊となって取り殺すなどの災いを為した女である。

「でも昨日の富五郎さんは、生身だったわよ。だって、ならず者たちを橋から投げ落としたんですもの」

「ならず者をあっしが——？　そりゃあ、やっぱり別人でござんすよ。あっしはならず者を前にしたら竦んで脚も動かなくなりやす」

「生魑魅だから、生身ではできないこともできるんでござんすよ」竹吉は鹿爪らしい顔で肯いた。

「こいつは面白ぇ」

「他人《ひと》のことだと思って……」

富五郎は少し怒った顔をする。

「こいつは失礼いたしやした。うちの大旦那は物好きで色々なことを知っているから生魑魅が抜けないようにする方法も知ってるかもしれません。ちょいと訊いて来やしょう」

竹吉は言って立ち上がり「それじゃあごめんなすって」と、三和土に降り、草履《ぞうり》をひっかけて外に飛び出した。

四

薬楽堂の店先では金魚と真葛の話が続いている。合間に金魚が接客をした。

「それで、【独考《ひとりかんがえ》】ってのにはどんなことが書かれているんだい?」

「まぁ、色々書き連ねたがね――」真葛は少し考えてから金魚に問うた。

「仏の教えや儒教ってものに真理はあると思うかい?」

「そうだねぇ――。仏教も儒教も、人が作ったものだから、どこかに穴があって、真理とは言えないとあたしは思うね」

「その通り」真葛は我が意を得たりとばかりににっこりと笑った。

「なにもないところに自ずから出来上がったものじゃない。つまり、天地の理じゃないってことさ。不変不動なのは、廻る年月と昼夜の数。そして、〈天地の拍子〉だけなんだよ。まぁ、そんなことが書かれている」

「なんだい、その〈天地の拍子〉ってのは?」

金魚が問うと、真葛は両手を打ってゆっくりと拍子をとる。

「これが〈天地の拍子〉。そして、これが世渡りの上手い者の拍子」

真葛は同じ速さで手を打つ。

「これがわたしの拍子」

真葛は手拍子を速くする。

金魚は笑った。

「なるほど。人にはそれぞれ拍子があって、それが〈天地の拍子〉に合えば世渡りが上手くいき、合わなければ世渡り下手になるってわけかい」

「あんたの拍子はこれだね」

真葛は自分の拍子よりも少し遅く手を打つ。

「へっ」金魚は鼻で笑う。

「あたしの本がそこそこ売れているからかい。だけどそれは、あんたの言い方を借りれば天地の拍子に合わせているからさ――。〈天地の拍子〉を打ってみな」

金魚に言われて、真葛はゆっくりと手拍子をとる。

金魚は二拍の間にもう一拍足して手拍子を打った。

「あたしの拍子は〈天地の拍子〉のきっちり倍速いって分かってる。半分の速さにすりゃあ、天地の拍子が分かる。だからちゃんと売れる本を書けるのさ」

金魚がそう言った時、奥から長右衛門が顔を出して、にやりと笑う。濃色《こきいろ》の小袖に丁子色《ちょうじいろ》の袖無しと軽衫《カルサン》。臙脂《えんじ》の天鵞絨《ビロード》の頭巾をかぶっていた。

「お前ぇの本がそこそこ売れているのは、おれが考えた売り方が的を射たからだってことを忘れるんじゃねぇぜ。お前ぇは、ただ好きな話を書き散らしているだけで〈天地の拍子〉なんか考えちゃいねぇ。〈天地の拍子〉を知っているのはおれの方だ」

長右衛門は「こいつは【尾張屋敷　強請りの裏】の続きだな。預かっておくぜ」と金魚の風呂敷包みを取ると、真葛の隣に座った。

金魚は「ふん」と言ってそっぽを向くが、すぐに真葛に顔を向ける。

「だけど、〈天地の拍子〉ってのは面白い考え方だね。誰から教わったんだい？」

「心の抜け上がりさ」

「なんだい、そりゃあ？」

「綾子さま――」長右衛門は真葛の本名を言って、慌てたように言い直した。

「真葛さんの書いた【独考《ひとりかんがえ》】の中に出てくる言葉だ。悟りのようなもんだな」

「誰からも教わらず、自分で考えついたってのかい」金魚は感心して首を振った。

「大したもんだねぇ」

この時代、町方の女たちは大らかに暮らしていたが、武家の女たちは違う。

生まれた時から家に縛られ、嫁しては婚家、夫と舅、姑らに縛られ、己の思いも口にできずに暮らすのである。武家に嫁いだ女の重要な役目は一つ。嫡男を生むことである。

しかし、そんな武家の女たちにも自我はある。それをひた隠しにしなければならない中で自分自身の考えを書き、それを本にしたいという真葛に対して、金魚は尊敬の念を抱いた。

「ところが、馬琴先生はそれをけちょんけちょんにこき下ろした」長右衛門はしかめっ面をして黒革の腰差し煙草入れから煙管を抜いた。

「自分で考えついたと思うのは、なんとも幼い。それくらいのことは本を読む者は誰でも知っていることだってな。絶交状まで添えて草稿を送り返してきたってわけさ」

長右衛門の言葉に、真葛は「ふん」とそっぽを向く。その仕草が金魚と同じだったので長右衛門は吸いつけた煙草の煙をぷっと吹いた。

「馬琴先生は女に追い越されたのが悔しかったのさ」

真葛は言いながら帯から腰差し煙草入れを取った。花模様の天鵞絨《ビロード》の叺《かます》と煙管入れが銀の飾り鎖で繋がれたものである。前金《まえがね》は銅製で、枯れた葛の葉を象《かたど》ったものであった。

「いや」長右衛門は煙管の灰を灰吹きに落としてあたらしい煙草を火皿に詰める。

「読ませてもらった絶交状にあったことが本当の理由かもしれねぇぜ」

「本当の理由ってなんだい？」

金魚も懐から煙草入れを出した。

金魚はその日の気分で煙草入れを替える。今日のそれは、鮮やかな緑色をした菖蒲革の懐中煙草入れである。金魚の形の前金をはずし、叺《かます》の蓋に挟み込んでいた銀延べの豆鉈煙管《まめなたぎせる》に煙草を詰めた。

「世間が真葛さんと馬琴先生の仲を疑うかもしれねぇってさ」

金魚は目を丸くして真葛を見た。

真葛は煙管入れから七寸（約二一センチ）の銀延べ煙管を出し「けっ」と顔をしかめる。

「こんな婆ぁと、どんな噂が立つってっていうんだい」

真葛は煙草盆を引き寄せて火入れの炭火で煙草を吸いつける。煙管は銀延《ぎんのべ》で、曼珠《まんじゅ》沙華《しゃげ》の意匠が彫り込まれている。雄蕊《おしべ》にだけ控え目に金の象眼《ぞうがん》がなされていた。細い女持《めもち》ではなく、太い男持煙管である。

誰かの形見だろうかと思い、金魚はそう訊いた。

「ずっと昔に浅草の古道具屋でめっけたんだよ。すっかり黒くなってたんで灰で磨いたら、存外いい品物だった」真葛は煙を吐き出す。

「誰が使っていたか分からないけど、なかなかいい趣味だ。曼珠沙華は華やかだが、毒がある。わたしは華やかさには欠けるが毒がある。この煙管にあやかって、華を身につけなきゃって、持ち歩いているのさ」

「真葛さんには華があるよ」

と、ぼそりと言ったのは長右衛門だった。照れたように頬が赤らんでいる。

金魚はからかおうと思ったが、なんだか触れてはならないことのように思えて、話題を変えた。

「それで、大旦那。【むかしばなし】や【奥州波奈志】はどうだったんだい？」

「うん――。悪くはなかった。特に【奥州波奈志】には怪談奇談も多くて、なかなか面白かった。だが、江戸で売るんなら、昨今の江戸の怪談噺を集めたものの方がいい」

「わたしに怪談噺を書けってのかい？」

真葛は言ったが、別に嫌そうな顔ではなかった。

「小難しい【独考】よりも、随筆や物語の方が真葛さんにはお似合いだ」長右衛門が言う。

「それに、そっちの方が読む奴らも多い。真葛さんが広く知らしめたい事柄を、平易な内容の本に仕込みゃあいいんだよ。そうやって素地を作ってやりゃあ【独考】のような本をちゃんと理解する奴らも増える」

「どれだけ時がかかるんだか」真葛は笑う。

「まぁいいさ。怪異譚を集めるのは嫌いじゃない」

「商売敵だね」

金魚は言った。

「違うね」真葛は首を振る。

「あんたは怪異を解釈する。そして、『怪異と思ったことは思い込みや人の仕掛けたこと』と謎解きをする。わたしは解釈なんかしないつもりさ。世の中には解釈しない方がいいことだってあるんだよ」

「謎ってぇのはさ、ちゃんと解かないと無知蒙昧《もうまい》の輩が増えるばかりだ」

「そうとも限らないさ。たとえば、遠く離れた土地で暮らす息子の元に、親の霊が自分の死を知らせるって話があるじゃないか」

「よく聞く話だね」

「霊になって自分を訪ねてくれた親の愛に涙している息子に、お前は『そいつは気の迷いだぜ』って言うのかい？」

「ううむ……」

金魚は唸った。

「わたしなら『お前さんは親に愛されていたんだねぇ。今度はお前さんが自分の子にたっぷりと愛を注ぐ番なんだからね』と言ってやるね」

「あんたの言い分にも一理ある……」

金魚は仕方なく折れた。

その様子が面白かったようで、真葛はぷっと小さく吹き出した。

それにつられて金魚も笑う。

二人の笑みはどことなくぎこちない。互いに対する好意や尊敬はあったが、嫉妬の気持ちもない交ぜになっていた。

その時、使いに出ていた竹吉が暖簾を跳ね上げて土間に駆け込んで来た。数人の客が驚いて飛び退く。

「なんでぇ、騒々しい！」

長右衛門が叱る。

竹吉の後ろから本能寺無念がうっそりと入って来た。

「竹吉。なに舞い上がってやがるんだい」

言いながら無念は帳場に真葛が座っているのを見て、「こりゃあ、真葛さん」と頭を下げた。

「生魑魅《いきすだま》でござんす」

竹吉は無念を押しのけるようにして板敷に駆け寄り、富五郎の長屋で見聞きして来たことを一気にまくし立てた。

「──っていうしだいでござんした。これは生魑魅に違いないと思い、ご注進に駆け戻ったんでございます」

竹吉の話に、長右衛門は唸って真葛を見る。

「今、真葛さんに怪談噺を集めろと言ってたばかりだった──。怪は、話をしてると寄って来ると言うが、本当だったな」

現在では同時共時性＝シンクロニシティなどと呼ばれる。そういう現象に名前をつけたのは、心理学者のカール・グスタフ・ユングである。ユングは一八七五年の生まれであるから、当然、金魚たちはそんな呼び名を知るはずもない。

「こいつは、お前さんに怪談噺を集めろと言う天からのお告げに違いねぇ。竹吉が生魑魅というこの一件、【奥州波奈志】にもあった〈影の病《わずらい》〉だろ？」

長右衛門の言葉に、「いかにもそのようだ」と真葛は肯いた。

「なんだい、その〈影の病〉ってのは？」

無念が訊いた。

「北何某《きたなにがし》という男が外での用事を済まして、家に戻った」真葛は語り始めた。

「自室の戸を開けると、文机に向かっている男がいた。勝手に自分の机を使う者は誰であろうと不審に思った北は、声をかけようとしてぎくりとした。着物の柄、帯、髪の結い方、すべてが自分そっくりであった。思わず顔を見ようと部屋に入ると、男は北に背を向けたまま、庭へ出てしまった。すぐに後を追ったが、男の姿は消えていた——。北はその年のうちに病で没した。北の父も祖父も同じように自分にそっくりの男を目撃し、しばらくして亡くなっていたという」

この話は、ドッペルゲンガー現象の一例として取り上げられることも多い。日本では離魂病とも呼ばれるが、同一人物が同一時刻に別の場所に現れたり、もう一人の自分を目撃したりする現象のことを言う。

もう一人の自分を目撃する北何某の事例は、現代では自己像幻視と呼ばれ脳の機能不全によって見る幻覚とされている。

「気味の悪い話だ」

無念は青ざめた顔を歪めた。

「するってぇと、富五郎さんも間もなく亡くなるんで？」

竹吉が真剣な顔で真葛を見る。

「いや。〈影の病〉は、本人が自分そっくりの人物を見たのちに死に至るという病だ。その富五郎という摺り師が自分で見たのでなければ、まだ大丈夫であろうが――。自分の影に出会わぬようにさせなければなるまいな」

真葛は眉根を寄せて言った。

「いつどこで影に出会うかなんて分からねぇだろう」無念が言う。

「どうやって出会わせないようにするんだ？」

「ひさが会った富五郎をふん縛っちまえばいいんだよ」

金魚は事も無げに言って煙管に煙草を詰める。

「影は縛れるのか？」

無念は驚いた顔をする。

「ならず者を大川へ投げ落としたんだから、ひさが会った富五郎は実体がある。だとすりゃあ、なにか仕掛けがある。それさえ分かれば、ひさが会った偽物富五郎の居場所が知れる」

「ふん」真葛は鼻先で笑い、煙管を吸いつける。

「ひさが会った富五郎を偽物富五郎と断じるのは早計じゃないかね」

「〈影の病〉なんて得体の知れないものに断じる方が早計だよ」

金魚と真葛は吸い込んだ煙を互いの顔に吹きかけた。

「まぁまぁ」長右衛門が慌てて両手を振る。

「まずは、金魚。お前ぇの考えを言ってみな」

「富五郎にそっくりな男が両国橋でならず者を大川に落とした。だけど、その刻限には富五郎本人は日本橋亀井町の長屋で寝込んでいた。生魑魅じゃねぇと考えれば、富五郎が嘘をついているか、誰かが富五郎のふりをしていたってことになる」

「それだけじゃあ足りないね」真葛は煙管の灰を捨て、新しい刻みを詰める。

「両国橋の富五郎はひさを知っていた。仕事先の女中を知っているくらいだから、富五郎についての色々なことが頭に入っていると考えられる」

「その通りだよ」

金魚も火皿の灰を捨てて、新しい煙草を詰める。

「お前、誰かに似ているって話をされたことはないかい？」

「あるよ」

金魚は煙管を吸いつける。

真葛も煙草盆の火種に火皿を近づけて、すぱすぱと吸って火を移す。

「自分に似た人物の話は、たいてい人伝《ひとづて》に聞こえてくる。似た顔ってのは、自分ではなかなか気がつかないものだからだ。そして、自分に似た人物については、あっという間に広まる。『この間、金魚にそっくりな奴を見た』『誰それが金魚にそっくりな奴を見たってさ』って具合に知り合いたちは顔を合わせるたびに話題にするからだ。そしてそれはお前がいる所でもたびたび話題になって、否応なく自分にそっくりな奴がいるという事実を知ることになる」

　と言いながら真葛は紫煙をゆったりと吐き出した。

「まぁ、そうだろうね」

　金魚は指に挟んだ煙管を唇からはずして肯いた。

「だが、富五郎は自分にそっくりな男がいるということを知らない。もし知っているならば両国橋での出来事を聞いた時にすぐその男だと気づくはずだ。また、ひさも知らなかった。ということは、富五郎の周りは、富五郎にそっくりな男がいるということを知らないってことになる」

　真葛は煙管で金魚の顔を差す。

「それは調べてみなきゃ分からないね。まだ富五郎とひさについてしか確かめられてない」

　金魚は首を振った。

「なるほど、ならばほかの連中は置いておこう。富五郎もひさもその存在を知らなかった富五郎にそっくりな男が、なぜ富五郎とひさについて知っていた？　そっくりな男はなぜ富五郎と騙った？　富五郎のふりをしてなんの得がある？　富五郎はしがない摺り師だ」

真葛は金魚を差した煙管の雁首を、小さな輪を描いてくるくると回した。

無念、長右衛門、竹吉は、真葛の挑発的な態度をはらはらしながら見守る。

「からかったってことも考えられるよ。偽富五郎は自分に似ている奴がいるって知って、『こいつは面白ぇ』と色々調べた。たまたまひさがならず者に絡まれていたので、腕っ節に自信のある偽富五郎はそれを助けた」

金魚はうるさそうな顔をし、蠅でも払うような仕草で真葛の煙管を軽く叩く。

すわ喧嘩が起こるかと、無念たちは首を竦める。

「粗い推当《おしあて》だねぇ」真葛は小馬鹿にした顔で金魚を見た。

「色々調べたって言うが、本人にも周りの連中にも気づかれないようにするには、かなりの手間がかかる。道楽でそんことをする酔狂はいないよ」

「よし。それじゃあ今から調べてみようじゃないか」金魚は言って立ち上がる。

「両国橋の富五郎が生魑魅か、生身の人か。もし、生魑魅じゃなかったらなにか奢りなよ」

「よし。もし生魑魅だったら、お前がなにか奢るんだよ」

真葛も立ち上がった。

そして二人揃って土間に降りて草履を引っかけて外に出た。

帳場には無念と長右衛門、竹吉が残された。

「気の強ぇ女が二人――」無念は呆然とした顔で首を振った。

「こいつは危ねぇ組み合わせが出来上がっちまったな」

「まぁ、これで真葛さんもネタ集めができるってもんだ」長右衛門は言うと顎で無念を促す。

「お前ぇ、ついていけ」

「おれが？　なんで？」

無念は『とんでもない』という顔をする。

「二人が仲違いして、『もう戯作なんかやめた』なんて言い出せば、腕のいい女戯作者を二人失うことになる」

「そんなら、大旦那が行きゃあいいじゃねぇか」

「おれには仕事がある。お前ぇは『書けねぇ。書けねぇ』って家でごろごろごろしてる。どっちが二人のお供をすりゃあいいか、考えなくたって分かるだろうが」

「大旦那にゃあ、ただごろごろしているように見えるだろうが、こっちは真剣に待ってるんだよ」

「なにを待ってる？」

「天から筋や台詞が降ってくるのをだよ」

無念の言葉を長右衛門は鼻で笑う。

「怠け者の所に降るのは、天井裏の鼠の小便くれえだよ」

長右衛門は懐から財布を取り出して一朱金を二枚出し、無念に差し出した。

「ほれ。小遣いをやるから、お供をしてきな」

「ちくしょう」

無念は長右衛門の掌から金をひったくると立ち上がった。

「いつでも金で動くと思ったら大間違いだぜ」

捨て台詞を残して土間に降りる。

「ぬかしやがれ。金で動かなかったお前ぇなんか、見たこともねぇぜ」

長右衛門は無念の背中に罵声を浴びせた。

「大旦那――」

竹吉がおずおずと言った。

「富五郎さんには、大旦那が生魑魅を抜けなくさせる方法を知っているに違いねぇって言ってきたんでござんすが――」

「そんな方法なんか知るもんかい――。だいいち生魑魅と決まったわけじゃねぇ」

「そんな……。それじゃあ、おいらの立場が……」

「お前ぇの立場なんか知ったこっちゃねぇよ。調子に乗って安請け合いするのが悪い。まぁ、真葛さんと金魚の調べの進み具合を見て生魑魅って線が臭ぇってなったら、知り合いの修法師《ずほうし》を連れて行ってやるよ」

五

「それで、どこへ行くつもりなんだい？」

真葛は横を歩く金魚を見ながら訊いた。

「日本橋亀井町だよ」

「まず富五郎から話を聞くかい――。だが、お前の推当の通りだとすれば、本物の富五郎は偽者を知らない。会っても手掛かりはないんじゃないのかい」

「そうでもないね。おそらく偽者は、どこかで富五郎を見かけて、自分の顔がそっくりなことに気づいた。だから何かの目的で富五郎に成りすますことを考えた――。富五郎と話をすれば、その何かの目的ってのが分かるかもしれない」

「ふむ――。なるほど」

真葛がそう言った時、後ろから足音が近づいて、駆けてきた無念が二人の間に割り込んだ。

「なんだい。あんたも来たのかい」

金魚は無念を見上げる。

「来たかなかったけどな。大旦那が行けって言うから」

「ふん」真葛はばかにしたように笑う。

「わたしと金魚が仲違いするのを心配したかい」

「まぁ、そんなところだな」

「そこらにいるばかな女なら本気で喧嘩もしようが、わたしと金魚はここの出来が違うんだから、無用の心配だよ」

真葛は自分の頭を指差した。

金魚は肯く。

「真葛さんが馬琴先生んとこに怒鳴り込まなかったことを考えたら分かるじゃないか。真葛さんは自分の感情よりも、損得や世間がどう見るかってのをちゃんと計算できる人だよ」

「なんだい。まるでわたしが打算的な女みたいじゃないか」

真葛は金魚を睨む。

「怒鳴り込むより恐ろしい復讐を考えているなんて言われるよりいいだろう?」

金魚はにやりと笑った。

「なにを考えてるんだ?」

無念は怯えた目で真葛を見る。

「なにも考えてやしないよ」

真葛はぷいっとそっぽを向いた。

日本橋亀井町は、薬楽堂のある通油町の三町（約三二七メートル）ほど北にあった。

あちこちの小路から、ぱしんっ、ぱしんっという鋭い音と子供たちのはしゃぐ声が響いている。菖蒲の葉で地面を叩いているのだった。潰れた葉から強い香りが流れ出て、ふとした拍子に金魚たちの元にも漂ってきた。

無念が先頭に立って、富五郎の住む長屋へ通じる小路に歩み込んだ。その後に金魚と真葛が続く。

名札を打ち付けた木戸をくぐると、溝《どぶ》板を挟んで左右に平屋の長屋が戸口を並べている。奥の二部屋の腰高障子には空き家の貼り紙があった。その奥の小さな広場の井戸の周りでも子供たちが菖蒲打ちをしていた。

富五郎の住まいは右側の長屋の中央であった。腰高障子に〈摺富〉と書かれている。

「富五郎。いるかい？　本能寺無念だ」

無念は中に声をかける。

「はい。どうぞお入りになって」

その答えに、無念は腰高障子を開けた。

富五郎は文机の向こうに座っていた。

「さっきは竹吉が騒がせたな」無念は板敷に腰を下ろし、戸口に立っている二人を紹介した。

「仙台からいらした只野真葛さんと、薬楽堂で書いている鉢野金魚だ」

「散らかっておりますが、こちらへどうぞ」

富五郎は板敷に置いた紙の束や、摺り上がって乾燥の終わった引札の山を脇にどけた。

金魚、無念、真葛は板敷に並ぶ。

「ひさはもう帰ったのかい？」

金魚が訊いた。富五郎とは知り合いというほどではなかったが、薬楽堂で二、三度顔を合わせていた。

「へい。竹吉さんが戻ってからすぐに」

「体の調子はどうだ？」真葛が訊いた。

「ひさがもう一人のお前に助けられた頃、頭がぼうっとしたり、心が空虚な感じがしたりしたかい？」

「へい――」富五郎は困ったような笑みを浮かべる。

「風邪を引いて寝込んでいましたんで」

富五郎の答えを聞きながら、金魚は真葛に向かって唇を『ばかだねぇ』と動かした。

「あんた――」金魚が訊く。

「自分にそっくりな奴を見たって言われたのは、今回が初めてかい？」

「左様でございますね――」

　富五郎は腕組みをして考え込む。少ししてからはっとした顔になる。

「そう言やぁ、去年の夏頃に一度」

「誰が見た？」

　金魚は身を乗り出す。

「摺り師の長助《ちょうすけ》って男です」

「どこで見たんだい？」

「それが――」富五郎は恥ずかしそうな顔をする。

「品川の岡場所だそうで」

「そいつはまた、色っぽい所で会ったなぁ」

　無念はにやりとする。

「廊下ですれ違って声をかけたんだそうですが、知らん顔で通り過ぎようとしたってことで――。次の日、文句を言いに来ました。しかし、こっちには覚えがございません。長助が言った刻限には、もう寝ておりましたから。それで他人の空似ってことで収まりました。世の中には自分にそっくりな人が三人いるっていいますから」

「お前――」真葛が富五郎をじっと見つめる。

「女を知っておるか？」

「こら婆ぁさん」金魚が眉をひそめる。

「失礼なことを訊くんじゃないよ」

「へへ……」富五郎は顔を赤らめる。

「ずいぶん昔に友だちに岡場所へ連れていってもらったんですが……。役に立たなくって。それ以来、怖くなっちまいましてね」

「それだ」真葛が大きく肯いた。

「お前の心の中にいるもう一人のお前が、女を求めて体から抜け出したのだ」

「本当でございますか？」

富五郎は怯えた顔になる。

「そんな話は信じなくていいよ」金魚は、しかめた顔の前で手を振った。

「似た奴を見たって話はそれだけかい？」

「はい」

「あんた自身は見たことはないんだね？」

「ございません」

「そいつは――」無念は金魚を見る。

「今度の奴と同じ男かね？」

「世の中にいる富五郎そっくりの三人のうち二人が偶然江戸にいて、一年と空けずに富五郎の周囲に現れたって考えるより、同じ奴が何かの目的があって現れたっていう方が筋が通るよ」

「品川の岡場所に現れた奴は——」真葛が言う。

「東海道を旅して来た奴かもしれないじゃないか」

「おっ。真葛さん、〈影の病〉説は捨てたかい？」

金魚はにやりとする。

「捨てたわけじゃない。色々な可能性を考えているだけさ」

真葛は澄まし顔で返す。

「お前の友だちで、悪い悪戯をしかけそうな奴はいねぇかい？」

無念が訊いた。

「さて——。心当たりはございません」

「無念。これはそんな単純な話じゃないよ」

金魚は言った。

「単純で悪かったな」無念はぶすっとして言う。

「可能性の一つを潰してやったんじゃねぇか」

そんな無念を無視して、金魚は真葛に顔を向けた。

「長助って摺り師にも会ってみるかね」

「それがよかろうな」

真葛は言った。

「富五郎。長助はどこに住んでる？」

「専ら多嘉良屋の仕事を請け負っておりやすんで浅草のかちむし長屋でございます。多嘉良屋のすぐ近くで」

富五郎は多嘉良屋からかちむし長屋までの道順を語った。

「ひさにも話を聞きたいって思ってたから、都合がいい――。よし、行こう」

金魚と真葛は立ち上がる。

「もう富五郎に訊くことはないのか？」

無念は二人を見上げながら言う。

「富五郎が自分そっくりな男を見たことがないってことと、ひさ以外にもそいつを見た奴がいるって分かっただけで、今のところは十分だよ」

金魚は三和土に降りて草履を引っかける。

「長助とひさんとこに行ったら、また戻ってくるかもしれないけど――。邪魔をしたね」

金魚は真葛と共に外に出た。

「ってことだそうだ」無念も腰を上げる。

「仕事中、悪かったな」

「いえ――。でも、ひささんを助けたわたしは、本当に生魑魅《いきすだま》じゃなかったんでしょうか？」

富五郎は心配げである。

「一緒に来た婆さんがそういうことに詳しいそうだ。もし生魑魅だったらなんとかしてくれるよ。うちの大旦那もいい修法師を知っているって言ってた。心配しねぇで待ってな」

「はい……。よろしくお願いします」

富五郎の表情は冴えなかったが、無念は「じゃあな」と言って三和土に降りた。

金魚たちは柳橋を渡って、北詰の浅草下平右衛門町の、多嘉良屋の前を通り過ぎた。

書物屋の大手、須原屋《すはらや》、出雲寺《いずもじ》などは、日本橋室町に店を並べている。多嘉良屋のある浅草には、大手の店から離れた所で商売をする書物屋が何軒かあった。

多嘉良屋は広い間口に軒暖簾《のきのれん》を掲《さ》げた大きな店である。身なりのいい侍たちが頻繁に出入りしていた。帽子《もうす》や投頭巾《なげずきん》の、一見して茶人、俳人であろうと思われる者、総髪の学者風の侍の姿もあった。

「同じ本屋でも薬楽堂とはずいぶんと違うねぇ」

真葛はぼそっと言った。

馬琴との仲がこじれなければ、こういう本屋から自作を出せた――。そんなことを考えているのだろうと金魚は思った。

真葛の【独考《ひとりかんがえ》】とかいう草稿を読んだわけではないからなんとも言えないが、女だてらに公儀や朝廷に批判的な内容を書くくらいだから、ただの口の悪い婆ぁではない。相当に気骨のある女なのだろう。

それが薬楽堂の依頼で怪談噺の本を書かなければならないのだから、忸怩《じくじ》たる思いを抱いているに違いない。

「まぁ、扱う本が違うからな」真葛の思いなど頓着せず、無念が言う。

「だから客筋も違う——。ああいう店に通う奴らは、草紙なんか小馬鹿にして見向きもしねぇ。まぁ、おれたちはお硬い本ばかり読んでいる石頭を小馬鹿にしてるがね」

無念の言葉に、真葛の顔が見る見る苦くなる。

金魚は無念の袖を軽く引っ張って、それ以上の軽口を制したが、無念は気にもかけずに続ける。

「物の本なんて糞面白くもねぇ本を読むのは学問や道楽にのめり込んでいる一握り。そんなことができるのは、働かなくとも飯を食える奴らだ。おれたちは、日頃汗水垂らして働いている奴らに、ちょいと息抜きをしてもらう手伝いをする本を書いてる——。おれたちの方が尊い仕事をしてるんだ」

「そなたはずいぶん物の本に引け目を感じているようだな」

真葛が棘のある口調で言う。

「なんだって？」

無念は片眉を上げて振り返る。

「信念を持ってやっていることならば、言わずもがな。わざわざ口に出すのは、己にそう言い聞かせているという証《あかし》だ」

「おれは引け目なんて感じてねぇぜ！」

いきり立つ無念の袖を、金魚は強く引っ張る。

「無念。かちむし長屋はこころへんだろ？」

無念は、感情を表情に表さずに自分を見ている真葛を睨みつけ、小さく舌打ちすると「こっちだ」と言って小路へ歩み込んだ。

「あんたの気持ちも分かるけど、大人げないよ。それこそ、言わずもがなのことは言うもんじゃない」

「その言葉、そっくりお前に返してやるよ――、って言葉も言わずもがなか」

真葛は苦笑して小路に入る。

金魚と真葛がかちむし長屋の木戸をくぐると、すでに無念は入ってすぐの長助の住まいの腰高障子を開けていた。

「なんでぇ、なんでぇ」

長助は草履を履いて三和土に立ち、迷惑そうな顔で無念、金魚、真葛の顔を見回す。どこかに出かけようとしていた様子であった。

「急がしいってのによぉ。なんの用でぇ」

長助は乱暴に草鞋を脱ぐと、板敷に腰を下ろした。四畳半一間で、隅に丸めた掻巻《かいまき》が置いてある。一抱えほどの道具箱と箱膳があるだけの部屋であった。

「見たところ、仕事をしていたわけではないようだが」真葛が言う。

「なにが忙しい？」

「おれは専ら多嘉良屋の仕事をしてるから、ここじゃ仕事はしねぇよ――。そろそろ摺立《すりたて》のお声がかかるんだよ」

「本を摺るのか。ただ摺るだけなのに、なんの準備がある？」

真葛が訊いた。

「婆ぁ、分かってねぇな。綺麗にむらなく摺るには、腕はもちろんだが、馬楝《ばれん》の善し悪しが大きく関わってくる。注文しといた馬楝がまだ届かねぇからこれからねじ込みに行くんだ」

馬楝とは、木版摺りに使う道具で、紙を重ねて漆で固めた円盤状の当皮《あてがわ》に、渦巻き状にまとめた竹皮の綯《よ》り紐を重ねて芯とし、竹の皮で包んだものである。

「滑りを良くするのに他の連中は椿油を塗ったりするが、おれは馬楝の使い始めは額《でこ》や頬っぺたの脂を塗りつける。前の日に山鯨《やまくじら》の薬喰いをしとくと、いい脂が出るんでぇ。馬楝屋に行った後、両国のももんじ屋へ行かなくちゃならねぇ。だから結構忙しいんだよ」

長助はしかめた顔をにっとほころばせる。

山鯨とは猪のことである。

江戸時代、基本的に獣肉を食うことは禁じられていたが、薬喰いと称して、養生のために薬として食することは黙認されていた。むろん、猪肉を食えばいい皮脂が出るというのは長助の思い込みであって、効果があるかどうかは定かではない。

「忙しい所を悪いねぇ。だけど、こっちも急いでるんだよ。ちょっとだけこちらの問いに答えてもらうだけでいいんだ」

金魚は言った。

「ちょいと富五郎のことを訊きたくてな」

無念は板敷に腰を下ろした。

「富五郎のこたぁ、富五郎に訊きゃあいいじゃねぇか」

「富五郎に訊いて分からなかったことをお前さんに訊きたかったのさ――。お前さん、品川の旅籠《はたご》で富五郎に瓜二つの男と会ったってな」

無念が言う。

「ああ。会ったよ。それがどうしてぇ？」

「また富五郎に瓜二つの男が現れてさ」

「なんだって？」

長助は眉根を寄せた。

「そうなんだよ」と金魚が話を引き継ぐ。

「富五郎にそっくりな男が現れて、どうやら生魑魅《いきすだま》らしいって話なんだ。もし生魑魅が抜け出してるんなら、早いところなんとかしないと大変なことになるってんで大騒ぎさ。あんたも富五郎にそっくりな男を見たって話を聞いて――」

　金魚の言葉を遮るように長助は笑いながら手を振った。

「それなら大丈夫だよ。おれが品川で見た富五郎は他人の空似さ。飯盛女とよろしくやる生魑魅なんかいるはずはねぇだろう」

「いや――」

　と首を振る真葛を制して、

「品川の富五郎は飯盛女とよろしくやったのかい？」

　と金魚は訊く。

「ああ。相手をした飯盛女は腰が抜けるほどだったってさ」

　長助は下卑た笑い声を上げた。

「それだけで生身の人とは言い切れぬ。幽霊や生魑魅が人と交わった話もある」

　真葛が言う。

「まぁ聞きねぇ」長助は笑うのをやめて言った。

「おれが富五郎そっくりの男と会ったのは、別嬪の飯盛女を揃えてるってんで有名な旅籠だ。そこの廊下でばったり顔を合わせ、おれは『よぉ、富五郎。こんな所で会うなんて奇遇だな』って声をかけた」

「富五郎はなんて返した？」

金魚が訊く。

「なんにも――。朴念仁《ぼくねんじん》の富五郎が女を買いに来るなんてと思ってさ。ちょいとからかってやろうとしたんだが、向こうはきょとんとした顔をしただけですれ違おうとしやがる。だから『おい。なんとか言えよ、富五郎』って肩を摑んだ」

「男はどうした？」

「手を振り払われたよ。『おれは富五郎なんかじゃねぇ』って怒った顔をしやがる。おれは、『だったら誰でぇ？　お前は日本橋亀井町の摺り師、富五郎に違いねぇ』って食ってかかった」

「男は名乗ったかい？」

「ああ。名乗った。『おれは伊勢から来た岩次郎《いわじろう》ってもんだ』ってな。おれは、富五郎が照れ隠しで嘘を言ってるんじゃねぇかとも思ったが、あいつはそんなことができるような度胸のある奴じゃねぇ。こいつは人違いをしちまったと思い、『おれの友だちにそっくりだったもんで、すまなかった――』って素直に謝ったよ。他人の空似ってのは本当にあるもんだねぇ。『お詫びに、一献さしあげてぇところだが、こっちも忙しい――』てんで、その後はおれも飯盛女としっぽりと」

「もう一人の富五郎は、岩次郎と名乗ったか――」

真葛は唇を噛んで考え込む。

「ああ。名乗ったよ。生魑魅が他人の名を騙ることとなんかあるめぇ」

長助の言葉に、金魚はにんまりと笑って真葛の腕を肘で小突いた。

「だけど、あんたはこっちに戻って来てから富五郎の所へねじ込んだんだろぅ?」

真葛が訊いた。

「ああ。戻って来て、なんだか富五郎の野郎にからかわれたんじゃねぇかって気が、むくむくと涌きあがってきたんでな――。だけど今になって思えばやっぱりありゃあ他人の空似だよ」

「岩次郎はなにをしに江戸へ来たのかね?」

金魚は訊いた。

「廊下でのやりとりだけだ。そんな突っ込んだことまで訊くわきゃあねぇだろう」

「それもそうだ――。それで、伊勢の岩次郎とはそれっきりかい?」

「ああ。次の朝、飯を運んできた女が『岩次郎さんはあんたが気になったようで、素性を訊かれたよ』と教えてくれたが、部屋へ訪ねてくるようなことはなかった」

「そうかい――」金魚は肯いた。

「いい話を聞かせてもらった。これで品川の富五郎は生魑魅じゃなかったって分かったよ」

「富五郎の生魑魅を見たって言ってるのは誰でぇ?」

長助は訊く。

「多嘉良屋のひささ」

「なんだ。おひさちゃんか。長いつき合いのおれが間違えるくれぇだ。おひさちゃんが間違えても無理はねぇな――。しかし、岩次郎の奴、なんでおひさちゃんの前に現れた？」

「それをこれから調べるのさ――。邪魔をしたね」

金魚は言って戸口を離れる。真葛は少し悔しそうな顔をしてその後を追う。

無念は板敷から立って、真剣な顔を長助の方へ突き出し、早口で訊く。

「おい。その品川の旅籠の名前、教えろよ」

金魚はそれを聞きつけて引き返し、無念の耳を強く摘《つま》んだ。

「さっさと行くよ」

「痛ぇな！　後から裏を取りに行くんだよ！」

無念は耳を引っ張られて外に引きずり出された。

「なんの裏を取るつもりなんだか」

真葛は鼻で笑った。

「この話は裏なんか取らなくてもいいんだよ」

金魚は言いながら、通りに出た。半町（約五四・五メートル）ほど先に多嘉良屋の出し看板が見えた。

「次は多嘉良屋のひさかい」

無念は耳をさすりながら訊く。

「長助とのやり取りを聞いていりゃあ分かることじゃないか」金魚は冷たく言う。

「品川の旅籠へ行く算段を考えてて聞き逃したかい」

「いやいや」真葛が言う。

「大したことのないことを問いかけて返ってくる言葉を聞いて、あんたがどれだけ怒っているか探ったんだよ――。男がよく使う手だ」

「さすが年の功」

金魚はにやりとする。

真葛はつっと金魚に近づき、小声で言う。

「年寄じゃなくたって気づくことだよ。あんたは気づかなかったのかい？　そんなことでよく遊女が務まったね」

真葛の言葉に、金魚はどきりとして足を止めた。

「あんた、話したのかい？」

と無念を睨む。

「とんでもねぇ」

無念は慌てて両手を振った。

「誰からも聞いてないよ」真葛は言った。

「あんたの言葉遣いや立ち居振る舞いを見ていてぴんと来たのさ。前に何をしていたのかを内緒にしていることもね。そして、無念だけはそのことを知っているようだってことも」

「うーむ」金魚は唸る。

「誰にも言うんじゃないよ」

「言うもんか」

「ほかの者にもばれてるかね」

金魚は不安げに言う。

「あんたは上手く隠しているよ。わたしだから推当できたんだ」

真葛は胸をそびやかす。

「あっ」無念が言う。

「そうやって『知ってるぞ』と言って、優位に立とうって魂胆だな」

「違うね」真葛は首を振る。

「富五郎の件は金魚の推当の方が当たっちまったから、これで立ち位置が一緒になった」

「いや」金魚は言う。

「あんたが言った、品川の偽富五郎――伊勢の岩次郎は東海道を旅して来た奴って推当は当たった。あたしの方が負けてる」

金魚が言った。

「まぁ、ここまできたら勝ち負けはどうでもいいことにしよう」

「おれも交ぜてくれよ」と無念が割り込む。

「今までのことをまとめるぜ――。東海道を旅してきた伊勢の岩次郎は、品川の岡場所で長助に声をかけられ、自分にそっくりな男がいると気づいた――。ここまではいいかい？」

「いいだろう」

金魚と真葛は鷹揚に肯いた。

「ここからがおれの推当だ。岩次郎は江戸に来て富五郎について色々調べた。両国橋でひさに会った時には、もう富五郎に成りすませるほどまで調べが進んでいた――。残った謎は、岩次郎は富五郎に成りすましてなにをしようとしているかってことだ」

「まぁいい線だね」

金魚に言われて無念は安堵の表情を浮かべた。

「この婆ぁにお株を奪われっぱなしだったからほっとしたぜ」

「ついに婆ぁと言いやがったな」

真葛は頬を膨らませて無念を睨んだ。

「お株って言うほど推当が得手《えて》なわけでもないくせに」

金魚は笑って多嘉良屋の出し看板の方へ歩き出した。

金魚たちが、書名を書いた掛け看板がずらりと並ぶ戸口を入ると、身なりのいい客たちが手代や番頭を相手に本の品定めをしていた。

手代の一人がすぐに三人に気づき、近づいてくる。無念の顔見知りらしく、

「これは、本能寺無念さん。いらっしゃいませ」

と手代は頭を下げた。

「おひさっていう女中はいるかい？」

「はい――」

手代は帳場を振り返る。

一人の娘が主からなにか用を言いつけられている様子であった。

「摺立が始まりますので、使いに出されるようですが――。ひさになにかご用で？」

「富五郎から頼まれてな」

「ああ。ひさが富五郎さんに助けられた件でございますか」

「まぁな。用足しに出かけるなら、その道すがら話をするよ」

「それでは、少々お待ちくださいませ」

手代は言ってその場を離れようとする。

「摺立か――」

金魚の頭に閃くものがあった。

それをきっかけに、ばらばらの出来事が一つの形に組み上がっていく。

手代は立ち止まって金魚を見た。

「左様でございますが、何か？」

「いや。こっちのことさ」金魚は真葛を見る。

「そういえば、ひさは富五郎に摺立があるという話をしてたんだっけか」

「うむ——。長助もそろそろ摺立に呼ばれると言っていた」

真葛もなにか気づいたようで、深く肯くと金魚の顔を見た。

「そういうことか」

真葛は言った。

「そういうことだねぇ」金魚は肯き、手代に顔を向ける。

「摺立は明後日からだったね？」

「左様でございますが——」

「それなら、今夜か明日の晩あたりだね」

「そういうことだな。よし。行こう」

金魚と真葛は足早に店を出た。

「おい。ちょっと待てよ！」

無念は慌てて二人の背中に手を伸ばす。

「ひさは富五郎の所へも行くんだな？」

無念は手代を振り返る。

「高名な学者先生の新刊を出しますんで、出入細工方《でいりさいくかた》が総出でございます。富五郎さんには、ひさがお礼のついでに『そろそろ』という話はしたようでございますが、正式な依頼はまだでございましたので、あらためて伺わせるつもりでございます」

出入細工方とは、版木を彫る版木方、摺る版摺方、製本する仕立方など、本屋に出入りする職人たちのことである。

「それじゃあ、富五郎にはおれたちが伝えとくから行かなくてもいいって言っといてくれ。なんだか雲行きが怪しいんでな」

無念はそう言うと、金魚と真葛を追って店を飛び出した。

手代は外に出て晴れた空を見上げて何度も首を傾げた。

六

金魚と真葛は真っ直ぐ前を見ながら急ぎ足で柳橋へ歩く。その後ろから無念が駆けて来る。

「いったい、なにがどうしたってんでぇ？」

無念は二人に追いついて訊いた。

「詳しい話は富五郎の所でするから今話しちゃ二度手間だ」金魚は言った。

「ともかく、岩次郎は富五郎に成りすますために富五郎の長屋に現れる」

「なるほど。岩次郎は富五郎と入れ替わろうとしているってことか。だから富五郎の所で待ち伏せして、岩次郎をとっ捕まえようって算段だな」無念は言った。

「だが、岩次郎はならず者を呆気なく大川へ放り込むほどの手練《てだ》れだぜ」

無念の言葉に真葛はほくそ笑む。

「わたしは柳生心眼流の剣術、居合術、棒術、柔術を修得している」

柳生心眼流は剣術や居合術、棒術、柔術などを含む流派であった。真葛が身につけている仙台藩の柳生心眼流は、それぞれの術に特化した流派となっていた。

「そいつは心強いや」金魚は言った。

「だけど、枯れ木も山の賑わいだ。無念。北野貫兵衛《きたのかんべえ》と大旦那、清之助《せいのすけ》も呼んで来な」

清之助は薬楽堂の番頭である。町道場で剣術を習っていた。

「おれが使いっ走りをするのか?」

無念は不満そうな顔をする。

「あたしも真葛さんも、事の次第を推当てた。お前はまだなんにも分かっちゃいないんだろう?」

「うん……。まぁ、そうだな……」

「だったら、使い走りはお前以外にいないだろう」真葛が言う。

「二人を連れて追いつけ」

「ちくしょう!」

無念は着物の裾を絡げて柳橋を駆け渡った。

金魚と真葛が日本橋亀井町の富五郎の長屋に着く前に、貫兵衛、長右衛門と清之助を連れた無念が追いついた。

「生魑魅《いきすだま》の正体が分かったって？」

息を切らせながら長右衛門が訊く。

「わたしが成敗いたします」

木刀を納めた布袋を持つ清之助は鼻息が荒い。

「まぁ落ち着きなよ」金魚は言って貫兵衛に顔を向ける。

「貫兵衛。富五郎の顔は知っているかい？」

「ああ。面識はある」

「この辺りを回って富五郎にそっくりな男が潜んでいないか確かめておくれ」

「見つけたらどうする？」

「こっちに気づいていないようなら放って置いていいよ。勝負はそのそっくりな奴が富五郎の長屋に現れた時につける。もしこっちの動きに気づいて逃げるようなら、とっ捕まえておくれ」

「分かった」

「それなら、わたしもご一緒に」

清之助がぎらついた目で言った。

普段は大人しい清之助であったが、立ち回りとなると人が変わったように凶暴になる。それを知っているので貫兵衛は渋い顔をした。

「お前が一緒だと厄介だ」

「富五郎さんにそっくりな男は手練れとのこと。一人より二人の方がいいでしょう。それに富五郎さんの顔はわたしも知っています。探す目も二つよりは四つの方がよろしいかと」

「貫兵衛」長右衛門が面倒くさそうに言う。

「清之助も連れて行け」

「分かった……」

貫兵衛は肯き、清之助と共に一行から離れた。

金魚たちは路地に入り、富五郎の長屋の木戸をくぐった。

富五郎の部屋の前に立って、金魚は中に声をかけた。

「富五郎さん。鉢野金魚だよ」

「お入りになって」

すぐに返事があった。

腰高障子を開けると、富五郎は風呂敷に下着や着物を包んでいた。

「多嘉良屋へ行く準備かい」

金魚は板敷に上がり込む。

その後ろから真葛、長右衛門、無念の順で部屋に入る。

「おや、薬楽堂の大旦那まで――」

富五郎は驚いた顔をする。

「金魚が生魑魅の謎解きをするって言うんでな」

「左様でございましたか」富五郎は風呂敷包みを脇にどけて肯いた。

「謎は解けましたか」

「解けた解けた」金魚は得意げに言う。

「まず、摺り師の長助が品川で見た、あんたに似た男の名前を思い出した。これで品川の男はあんたの生魑魅じゃないってことが分かった」

「品川の男は名乗ったのでございますか？」

「ああ。伊勢から来た岩次郎と名乗ったそうだよ。伊勢の岩次郎は、品川の旅籠で自分そっくりの男がいることを知った。それが摺り師富五郎。あんただ」

金魚の口調は興奮気味である。

「江戸に来た岩次郎は――」話を引き継いだ真葛の声も興奮している。

「自分にそっくりな奴はどんな暮らしをしているんだろうと調べた。そして多嘉良屋の仕事をしていると知って、お前に成り代わることを思いついた。それでさらに詳しく調べ始めた」

「岩次郎は多嘉良屋のことを調べている最中に、ひさがならず者に絡まれている所を目撃したんだ」

金魚が言う。

「補足すれば――」真葛が言った。

「岩次郎が両国橋にいたのは偶然ではない。富五郎に関わりのある者たちの顔や名前などを全部頭に入れるために、その者たちをつけ回していたに違いない。あの日はひさを尾行《つけ》ていた。そこにならず者が現れて、ひさに絡んだ。岩次郎は、根はいい奴なんだろうねぇ。見るに見かねて助けに出た」

真葛はくすくす笑う。

「そして、ならず者たちを大川に投げ落としちまった。ところが、本物のあんたは、腕っ節の方はからっきし。そんなことができるはずはない――」

金魚の話に富五郎は大きく肯いた。

「まったくその通りでございます。岩次郎がなんのためにわたしに成り代わろうとしていたのかは分かりませんが、ならず者と喧嘩をするなんて、偽物であることを言いふらしているようなものでございますよ」

富五郎は苦笑して首筋に手を当てた。

「そこで岩次郎の目論みに綻びができたってわけか」長右衛門が言う。

「それで金魚に疑われちまった」

長右衛門の言葉に、真葛が悔しげな顔をする。

「わたしはしばらくの間、生魑魅説に固執していたから推当の後れをとった」

富五郎は、苦笑のような笑みを浮かべて言う。

「本当にわたしに成り切るんなら、おひささんが乱暴されても陰に隠れて見て見ぬふりをすべきでござんしたね」

「しかしよう」無念が口を挟む。

「岩次郎はなんで富五郎に成り代わろうなんて思ったんだ？　それが一番の問題だろう」

「盗人だよ」

金魚は答えた。

「盗人だぁ？」

無念は目を見開いた。

「岩次郎は多嘉良屋を調べているうちに、本を摺る時には摺立があるってことを知った」真葛が答えた。

「摺立には、摺り師や仕立方が蔵に泊まり込んで仕事をする」

「あっ。そうか」

無念はぽんと手を打った。

富五郎も何度も肯いたが、

「確かに、上手くわたしに成りすませば、難なく多嘉良屋に忍び込めますが――。摺立は版木の蔵でするもんです。金蔵《かねぐら》ではございません」

「腕のいい盗人ならば、多嘉良屋の中に入り込めれば十分さ」

金魚が言って、その後を真葛が引き継ぐ。

「あとは便所に行くふりをしながら金蔵の錠前を開けて忍び込み、金も稀覯本《きこうぼん》も盗み放題」

「その摺立が明後日なら、岩次郎が富五郎と入れ替わるのは今日か明日――」

金魚がそう言った時、腰高障子に影が映った。

「貫兵衛だ」

声と共に障子が引き開けられ、貫兵衛と清之助が入ってきた。

「富五郎に似た奴はどこにも隠れていなかった」

と板敷に上がる。そして、金魚と真葛の間に体をねじ込んで座った。

狭い部屋は人で一杯になった。

「わざわざ二人の間に座るかねぇ」無念は呆れたように言う。

「お前ぇ、見かけによらず女好きか」

「男と押しっ競饅頭《くらまんじゅう》をするよりもましだ」

貫兵衛はぶすっと言った。

「岩次郎が張り込んでいないのなら、今のうちに気づかれずに事を進められるね」

金魚は言った。

「岩次郎の手下がこっちを見張っているってことはないのか？」

無念が訊く。

「それもない」貫兵衛が言う。

「なにかを見張っている者は立ち居振る舞いや目つきでそれと分かる」

「岩次郎が来るのは夜でございましょう」富五郎が腰を浮かす。

「腹が減っては戦ができぬ――。仕出し屋からなにか買って参りましょう」

「いや」真葛が手で制した。

「それならば、わたしと金魚が行って参ろう。男に食い物のことを任せれば、好きな物ばかり買ってくる」

「左様でございますね――。それではお願いいたします」

富五郎は座り直した。

「貫兵衛」真葛は立ち上がりながら言う。

「わたしたちが出かけている間に、岩次郎が仕掛けてきたならば、取り押さえろ」

「言われるまでもない」

貫兵衛は力強く肯いた。

七

一刻半《いっこく》（約三時間）ほど後——。

室内が暗くなってきたので、富五郎は瓦灯《がとう》に灯をともした。

瓦灯とは安価な照明具で、燈明皿の上に、陶器製の覆いを被せるものである。覆いには縦長の隙間が幾つも開けられて、そこから光が漏れ出る仕組みである。

室内はぼんやりとした明かりに照らされた。

その直後、金魚と真葛がたくさんの折り詰めを包んだ風呂敷と通い徳利を抱いて戻って来た。日はすでに屋根の向こう側に隠れ、長屋の路地は薄暗がりである。

「ずいぶんかかったな」

長右衛門が言った。

「いい材料を使って安く出している仕出し屋を探してたんだよ」

金魚は板敷の真ん中で風呂敷包みを開き、握り飯や煮物、焼き魚、卵焼きなどの折を並べる。

真葛は「よっこらしょ」と言って富五郎の横に座ると清之助に手を差し出した。

「木刀を貸せ。歩き回ったので足腰が疲れた。杖の代わりに使う」

「え……。これはわたしの魂でございます」

清之助は困った顔をして袋に入れたままの木刀を抱き寄せる。

「お前の魂は棒っきれ並みか。いいから貸せ」

真葛に急かされて、清之助は渋々木刀を渡した。

金魚は三和土の脇の小さな流しから、椀や湯飲みなどを人数分掻き集めて、それぞれに通い徳利から酒を注いで回した。

「飲み過ぎるんじゃないよ。これから立ち回りがあるんだからね」

「でも――」富五郎が心配げな顔をする。

「こんなに大人数で集まってちゃ、岩次郎は怪しんで現れないんじゃないでしょうか」

「大丈夫だよ」

真葛が湯飲みを口に運びながら言う。

「岩次郎は必ず現れる」金魚は言った。

「もし現れなきゃ、現れざるを得ないように追い込むさ」

「なにか兵略があるのか？」

無念は卵焼きを摘みながら訊いた。

「抜かりはない」真葛が言った。

「岩次郎は、我らがここに陣取っていることを知っている」

「え？」

清之助が驚いた顔で辺りを見回す。そして急に立ち上がり、三和土に置いてあった心張り棒を手にとって戻ってきた。

「真葛さま。木刀と心張り棒を交換してもらえませんか？」

清之助は震える声で言った。

「嫌だ。木刀の方がしっかりしている」

真葛は首を振る。

「岩次郎はここを見張っているのか？」

無念が訊く。

「そうだよ」

金魚は汁椀から酒を啜る。

「貫兵衛は、見張りはいないと言っていたが――」長右衛門が言う。

「買い物に行った時に見つけたか？」

「そういうわけでもないいんだけどね」

金魚は意味ありげな言い方をした。

そのせいで、室内に緊張が広がった。

「なんだか怖くなってきました」富五郎が震える口元に無理やり笑みを浮かべる。

「真っ暗になる前に、便所へ行って来ます」

と言って富五郎が立ち上がった瞬間である。

真葛が目にも止まらぬ速さで木刀を横薙ぎにした。

富五郎がふわりと宙に飛ぶ。

木刀が空を切った時には、真葛はすでに立ち上がり、返す木刀で富五郎の両足をすくい上げた。

空中で平衡を失った富五郎は背中から板敷に落ちた。

素早く貫兵衛が駆け寄り、富五郎を俯せにして腕を背中に回し関節をきめる。

清之助は、突然始まった捕り物に、訳も分からぬまま興奮し、奇声を発して心張り棒を振り上げて富五郎の側まで飛んだ。

貫兵衛が押さえ込んだ富五郎の頭を目がけ、渾身の力で心張り棒を振り下ろす。

真葛は咄嗟に前に出て、両手で掴んだ木刀を突き出す。

かんっ！

小気味のいい音がして、心張り棒は木刀に当たり、真っ二つに折れた。

「余計な打擲《ちょうちゃく》はするな」

真葛が鋭く言うと、清之助の目に理性の光が戻った。

「なんで分かった？」

貫兵衛に組み伏せられ、細引きで縛り上げられた富五郎――、岩次郎は悔しそうに真葛を見上げた。

「武術に秀でた者は、立ち居振る舞いや居住まいにそれが表れる」真葛が言った。

「多嘉良屋から戻って来た時にここに座っているお前は、なるほど顔はそっくりだったが、居住まいはついさっき話をした富五郎とは別人だった」

「あたしが気づいたのはあんたの目つきさ」金魚が言う。

「前の商売をしていた時、客の顔を忘れた奴がなんとか思い出そう、誤魔化そうとする時の目つきを嫌ってほど見てる。あんたの目はそれだった。耄碌《もうろく》をした年寄ならいざ知らず、お前くらいの年の奴が、さっき話をした相手にそんな目を向けるものか」

「おれはまったく気づかなかったぞ……」

長右衛門は感心したように首を振った。

「それより……、本物の富五郎はどこだ？」

無念の顔色は青い。最悪の事態を考えている様子であった。

「あたしたちが最初に考えたのもそれさ」

金魚は言う。

「へへっ」岩次郎がせせら笑う。

「お前たちに見つけられるものか。富五郎の命が惜しかったら、おれを解き放て。さもなくば手下が富五郎の心の臓をぶっすりだぜ」

「お前に手下はいないよ。もしいるんなら、あんたをむざむざ捕らえさせることはしないさ」

金魚は岩次郎を見下ろす。

「お前に人殺しはできぬ。できるくらいならば、せっかくの仕事が失敗するかもしれぬというのにひさを助けたりはせんだろう」

真葛は言った。

「それじゃあ、富五郎は？」

無念は金魚と真葛を交互に見た。

「岩次郎が富五郎を拐かしたのは真っ昼間」

真葛が言う。

「真っ昼間の大道を、そっくりな顔をした二人の男が歩いてちゃ目立ち過ぎる。だったら、富五郎は近くに隠されている」金魚が言った。

「それで、この長屋に空き家があるのを思い出した」

「富五郎は縛られてそこに転がされていた。わたしたちは、いましめを解いて多嘉良屋まで連れていった」

真葛が言う。

「だから帰りが遅かったのかい」

長右衛門が肯いた。

「だけど――」清之助が言う。

「すでに岩次郎が富五郎さんに入れ替わっているって気づいたお二人が、なにも言わずに出ていったのはどうしてでございます？　その間に岩次郎が逃げ出すとは思わなかったのでございますか？」

「だから貫兵衛に頼んだ」

真葛が答えた。

「わたしはこの部屋に入った時、富五郎の居住まいに不審を抱いた。わたしはそれを知らせるために真葛どのと金魚の間に座り、それとなく袖を引っ張った」

貫兵衛が言う。

「なるほど。おれが買い物に行くって言った時にはもうこっちの正体に気づいていたってことか」

岩次郎は貫兵衛に引き起こされながら舌打ちした。

「そういうことさ」金魚が言う。

「最大の失態は、お前がひさを助けたこと。お前はもともと、盗人なんか似合わない奴なんだよ」

「いや。お前ぇたちみてぇな女がいなけりゃ、あのぐれぇのことは失態じゃなかった。生魑魅の怪談で終わってたはずだ」

岩次郎は自嘲の笑みを浮かべる。

「お褒めの言葉をありがとうよ」

金魚は言って貫兵衛を促した。貫兵衛は細引きを引っ張って岩次郎を立ち上がらせる。

「おれの生い立ちを聞いてみる気はねぇかい?」

岩次郎は金魚に笑みを向ける。

「ないね」

金魚は素っ気ない。

「お涙頂戴の話をでっち上げて、許してもらおうって手だろうが、無駄だ」

真葛も冷たく言う。

「そうかい……。それじゃあ仕方がねぇな」

岩次郎はしょげかえった顔で項垂《うなだ》れた。

「お取り調べの役人に聞かせてやるんだね。もしかすると、お目こぼしがあるかもしれないよ」

貫兵衛は言った。

「さて、番所へ行こうか」

岩次郎はすごすごと板敷の端まで歩き腰を下ろす。清之助がその足に草履を履かせる。

突然、縛られていたはずの岩次郎の両手が背後の貫兵衛の両襟を摑んだ。そのまま勢いよく背中を丸める。

貫兵衛の体は前のめりに吹っ飛び、腰高障子を弾き飛ばして路地に転がった。

岩次郎は清之助に膝蹴りを食らわせると外に飛び出し、転がったまま足を捕らえようとする貫兵衛の手を逃れ、跳躍した。

岩次郎の体はふわりと長屋の屋根に着地した。

「貫兵衛！　なにやってやがる！」

怒鳴りながら外に飛び出した金魚と真葛を見下ろし、岩次郎はへらへらと笑いながら着物の裾を端折った。剥き出しになった尻をぺしぺしと叩きながら、

「あほんだら。最後の詰めが甘いんちゃいまっか」

とからかった。

「くそっ！」

貫兵衛は毒づいて立ち上がり、屋根に跳んだ。

岩次郎と同様、音もなく板葺きの屋根に着地し、軽衫《カルサン》の腰から前差を抜いた。

「お前《ま》はん、忍びかいな」

岩次郎は舌打ちして屋根の上を通りの方へ走り出す。

「逃がさん！」

貫兵衛は追う。

岩次郎は屋根から飛び下りる。

貫兵衛も続く。

金魚たちはそれを追って通りに飛び出したが、二人の姿はすでになかった。

貫兵衛がすごすごと富五郎の家に帰ってきたのは、一刻（約二時間）の後であった。

八

多嘉良屋の摺立には貫兵衛が用心棒として詰めた。貫兵衛に雇われている彫り師の又蔵も摺立と用心棒の助っ人として版木蔵に入り込んで警戒した。

しかし、岩次郎は現れなかった。

せっかく捕らえた盗人を取り逃がした薬楽堂の面々は、悶々とした数日を過ごした。真葛も毎日薬楽堂を訪れ、不機嫌な顔をしながら茶を啜っていた。

貫兵衛は多嘉良屋の摺立が終わったことを報告した後、薬楽堂に寄りつかなくなった。自分を見る金魚たちの冷たい視線に堪えられなかったからである。

事件から十日ほど経った日。

同心の本多左門《ほんださもん》が岡っ引きの卯助《うすけ》を連れて薬楽堂の暖簾を潜った。

帳場には金魚、無念、真葛、長右衛門が座っていた。清之助は客の相手をしている。隅っこに追いやられていた主の短右衛門が土間に降りて、

「これは本多さま。お見廻りでございますか」

と愛想笑いを向けた。

二人は、薬楽堂の土地を手に入れたがっている二軒隣の島田屋という呉服屋から金

をもらい、なにかにつけて立ち退き話をしに来るので、薬楽堂の者たちからは煙たがられていた。

大嫌いな本多と卯助ではあったが、金魚たちのぴりぴりした空気に堪えかねていた短右衛門にとっては救いの神であった。

「土地は売らねぇよ」

長右衛門がとげとげしい口調で言った。

「今日はそんな話じゃねぇよ」

本多は板敷に腰を下ろしながら言った。

「お前ぇに手柄を立てさせてもらったまんまじゃ寝覚めが悪い。なんとか借りを返しておかなきゃと思ってさ」

金魚たちは以前、本多に盗賊を捕らえさせてやったことがあった。

「ふん。借りを返しておかなきゃ、立ち退かせるための嫌がらせもできやしないってことかい。義理堅いじゃないか」

金魚は煙管を吹かしながら言った。

「なんとでも言えよ――。主に稀覯本をかっぱらう盗人が江戸に入ったって話が聞こえてきたのよ」

本多の言葉に金魚たちの顔が緊張した。しかし、本多はそんなことには気づかぬ様子で続けた。

「上方の盗人で、大坂、京都の本屋は軒並みやられたらしい。昨今は江戸の方にたくさんの本が集まっているってんで、こっちへ遠征して来たようだ。まぁせいぜい気をつけなって話しに来てやったのさ」

「その盗人、名前はなんて言うんだい？」

「伊勢の岩次郎。大坂の生まれだが、伊勢で名を上げた盗賊だって話だ。ちょっと見には気の弱そうな若造だが、腕っ節は滅法強ぇらしい。殺さず傷つけずが信条だそうだが、盗人は盗人。追いつめられればなにをするか分かったもんじゃねぇ」

「たとえばよぉ」無念が本多に這い寄る。

「そいつをとっ捕まえたら、お上からご褒美が出るかね」

「やめとけやめとけ」卯助が顔をしかめて手を振った。

「お前ぇなんかの敵う相手じゃねぇよ」

「たとえばの話さ」

「そうさなぁ――」本多は顎を掻く。

「五両、十両は出るんじゃねぇか」

現代の価値で言えば五十万から百万である。

「そいつは豪勢だ」

顔を見合わせた金魚、無念、真葛、長右衛門の目元がぴくぴくと震えた。

「まぁ、そういうことで、せいぜい気をつけるんだな」

本多は腰を上げる。

「うちの蔵には大した稀覯本はねぇよ」

長右衛門は唸るような声で言った。

「そうかい。まぁそうだろうな」

本多と卯助は嘲るように笑いながら店を出ていった。

「貫兵衛の野郎……」無念は食いしばった歯の間から声を絞り出す。

「あいつが取り逃がしてなきゃあ、今頃酒池肉林だったぜ」

「悔しいねぇ」

灰吹きに煙管をかんっと打ち付けた金魚は、何か思い出したように「あっ」と言って真葛を見た。

「そう言やあ、生魑魅じゃなかったら奢ってもらう約束だったねぇ」

「さてねぇ。そういう話もあったような気もするが、もう何日も経ってる。今さら奢れってのは粋じゃないよ」

真葛の言葉に、金魚は「うーん」と唸った。

「逃した魚は、いつも大きいのさ。伊勢の岩次郎の件にしても、奢りの話にしてもね」

真葛は銀延べ煙管を出して吸いつける。

「いずれまたわたしに奢らせる機会はあろうし、伊勢の岩次郎は江戸に来たばかりだ。そのうちに、とっ捕まえる好機もあろうってもんさ」

「それにしても――」長右衛門は歯がみをする。

「貫兵衛の野郎、忍びのくせに盗人に逃げられるたぁ、情けねぇ。十両ありゃあ、吉原で豪遊できたのによ」

〝吉原〟という言葉に金魚はどきりとしたが、素知らぬ顔で、新しい煙草を火皿に詰めた。

こうして貫兵衛は六月の中頃まで薬楽堂に出入りできなくなったのであった。

破《やれ》寺《でら》奇《き》談《だん》　黄金《こがね》の幻《まぼろし》

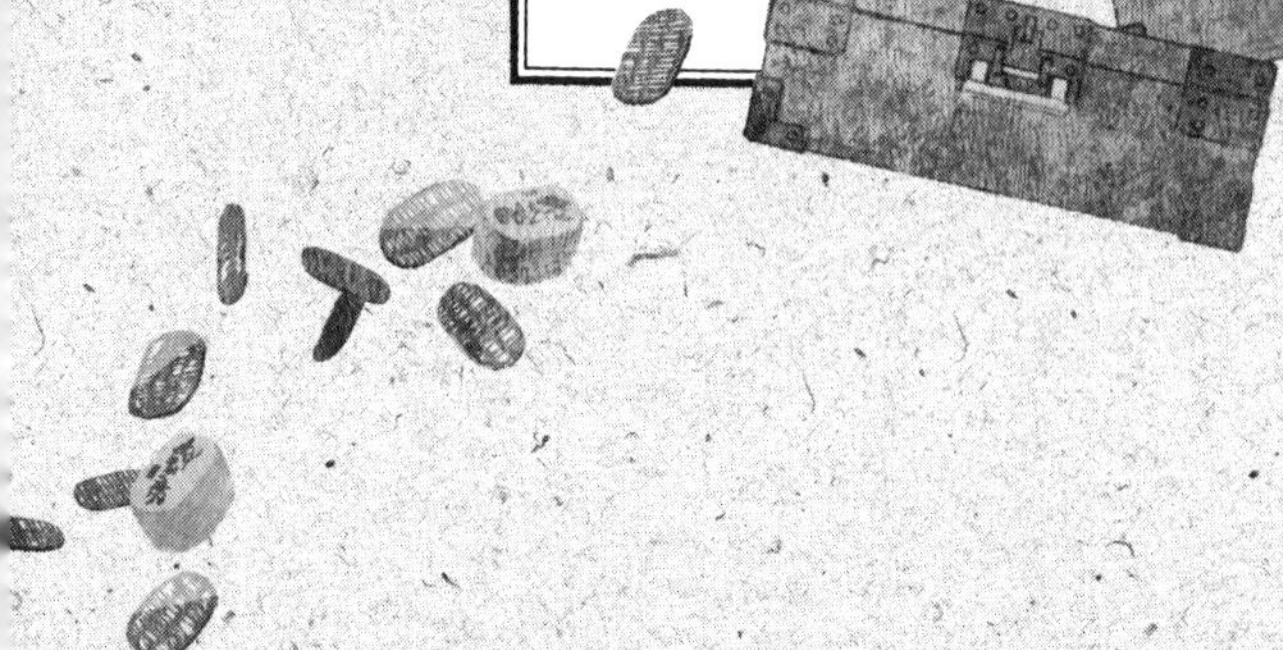

一

短い梅雨が過ぎて、江戸は本格的な夏になっていた。朝から日差しが強く、蝉の声が暑さをいや増している。

北野《きたの》貫兵衛《かんべえ》は上野山下、御徒町の辺りをぶらぶらと歩いていた。生成りの麻の小袖に、濃い茶の軽衫《カルサン》姿であった。

辺りは武家地である。庶民は武家の醜聞を喜ぶので、なにか面白い読売のネタは転がっていないかと歩き回っていたのだが、収穫はさっぱりであった。

三味線堀近くで暑さに耐えかね、引き揚げることに決めた。堀を不忍池方向に辿って、町人地まで来たところで、橋の袂に見知った風体の男たちを見つけた。

編笠を目深にかぶって尻端折りをした二人組。浅草田原町に住まいする読売屋の利《とし》三《ぞう》と介次《すけじ》であった。周りに人だかりができている。

読売は瓦版とも呼ばれ、時に御政道の批判をする内容も書かれるために、公儀から目を付けられている。だから人相が分からないように深編笠をかぶるのであった。一人が扇子で拍子をとり、一人が口上を述べる。貫兵衛は彫り師の又蔵と組んで売り歩くが、その又蔵は今日は千住の方へネタ探しに出かけていた。

貫兵衛は二人の読売に近づく。

利三が、

「――ってことで、幽霊の正体はいかに？　詳しくはこいつを読んでくんな」

と口上を締めくくる。介次が読売の束を持って客たちに「どうだ、どうだ」と購入を勧める。

多くの者は読売を買いもせずに去って行ったが、数人が財布を出して利三と介次から読売を買い求めていた。

貫兵衛は商売が一段落したのを見計らって声をかけた。

「商売はいかがだ？」

「おお。貫兵衛の旦那かい」

利三は貫兵衛に笑顔を向けた。同業者であるが、貫兵衛の前身が侍であることを知っているので〝旦那〟をつけて呼ぶ。

「この辺りはさっぱりだったが、朝からだいぶさばいたぜ。幽霊物は売れるよ」

「本当にあった話か？」

貫兵衛は片眉を上げる。

読売は、時事性の高い事件を急報することを目的として摺られたものであった。殺人や強盗、天変地異などを扱ったが、醜聞や怪異を題材としたものも人気であった。人の顔に牛の体を持ち、未来を予言する〈件《くだん》〉や、やはり人の顔をした妖怪〈人面犬〉なども瓦版から世間に広がった話である。

既刊の本からネタを引っ張ってきたり、旅人からその出身地で起こった恐ろしい話を取材したり――。妖怪の絵を持っていれば疫病にかからないと文中で宣伝し、挿し絵入りの読売の売り上げを伸ばそうとする業者もいた。

そんな手法を知っていたから貫兵衛は『本当にあった話か』と問うたのである。

「裏はとっちゃいねぇよ」利三は自分の持っている束から一枚抜き取って貫兵衛に渡した。

「そこに書いてある美濃屋藤兵衛《みのやとうべえ》って奴が草稿を持ち込んだんだ。字も文もそこそこだったから、そのまんま切り貼りして版下にして、介次が挿し絵を入れて摺ったのよ」

「ほぉ。草稿を持ち込んで来たか」

「なんとしても自分の体験を世間に知らせたいってさ。金まで置いてったよ」

「草稿を売りに来たのではなく、金を出して読売を出させたのか」

貫兵衛は驚いて言った。

「それほど世の中に知らせたかったんだろうよ。それ一つじゃとてもとても本にできる分量じゃねぇ。一枚物の読売がちょうどいいくれぇだ。本を出すよりずっと安くすむし、多くの客に読んでもらえる」

利三は答えた。

江戸時代、読売は四文程度で売られていた。屋台で食う蕎麦の四分の一の値段である。

「うーむ」

貫兵衛は読売に目を通す。

挿し絵は墓地の景色で、墓石の間にびっしりと首のない白装束の者たちが立っているものである。あまり上手い絵ではなかった。

主述や言葉の選び方に難のある所もあったが、まず要旨はくみとれる文章であった。文字は上手いとは言えないが読みやすい。

日本橋室町で呉服屋を営む、美濃屋藤兵衛なる人物が千住小《こ》塚原《つかっぱら》町の破寺《やれでら》で出合った怪異について書かれていた。

そのあらましはこうである——。


今年の梅雨時のこと。藤兵衛は、浅草元吉町の親戚に不幸があり、弔いに出かけた。暗くならないうちに帰ろうと思っていたが、しばらくぶりで会う親戚たちと話し込んでしまって、家を出たのは辺りが薄暗くなってからであった。

そぼ降る雨が傘を打つ音を聞きながら、日本橋まで帰るのは億劫だから今日は吉原で一晩を過ごそうかと鼻の下を伸ばし歩いた。

田圃の中の道を真っ直ぐ進めば山谷堀。橋を渡るとすぐ目の前は吉原——。

だが、いつまでたっても山谷堀に辿り着かない。

藤兵衛は首を傾げながら辺りを見回す。

いつのまにか浅草山谷町を通り過ぎて、千住大橋の方へ向かって歩いていた。

どうやら逆方向に歩いて来たらしいのだが、山谷町を通り過ぎた記憶がない。

狐にでも化かされたか――。

藤兵衛は背筋に寒いものを感じながら来た道を引き返した。

辺りはどんどん暗くなる。

ふと気がつくと、藤兵衛は古い破寺の前に佇んでいた。

ぞっとして左右の道を見る。左手にぼんやりと見える幾つかの明かりは小塚原町であろう。

また道を間違えた。やはり何ものかに化かされている――。

小塚原町には仕置き場＝刑場があった。

幕府は江戸の大きな街道沿いに仕置き場を置いた。南の東海道には鈴ヶ森刑場。西の甲州街道の八王子には大和田刑場。そして、北の奥州、日光街道沿いに小塚原刑場――。

磔《はりつけ》、火炙り、獄門が執行され、遺骸はきちんとした埋葬がなされず、野犬や雑食の獣らが掘り返し食い散らかすので、凄まじい光景が広がっていた。

畢竟《ひっきょう》、恐ろしい怪異の噂は枚挙に暇がない。

藤兵衛はそれを思い出してぶるっと体を震わせた。

前方の、寺の参道に白っぽい夏物を着た女が歩いていた。手には提灯を持っている。藤兵衛はほっとして山門を潜り、女に近づいた。何ものかに化かされているのなら、あの女に一緒についてきてもらえば大丈夫だと考えたのだった。

「もうし」

藤兵衛は女に声をかけた。

後から考えれば、怪しい破寺へ向かって歩いている者に声をかけることは常軌を逸しているし、その女についてきてもらえば大丈夫という考えも筋が通らないが、その時にはそれが最善の方法と藤兵衛には思えたのだった。

女は振り返って藤兵衛に会釈をした。

美しい若い娘であった。

「こんな所で声をかけるなど、さぞかし不審に思われたことでございましょう」藤兵衛は丁寧に言いながら女に近づく。

「わたしは怪しい者ではございません。日本橋室町の呉服屋、美濃屋藤兵衛と申す者。どうやら狢《むじな》か狐に化かされたらしく、山谷堀への道が分からなくなっております。山谷堀まで連れていってはもらえますまいか」

女は色白の顔に笑みを浮かべ、

「帰り道は同じでございます。わたくしも道連れが御座《おわ》せば頼もしく存じますから、ご用を終えたならば山谷堀までお連れいたしましょう」

と答えた。

藤兵衛は喜んで、女と並んで歩いた。

しばし無言で、破寺の裏手の墓地へ向かう。

そのうちに、隣の女の視線を強く感じて、藤兵衛はちらりとそちらをうかがった。

女はまっすぐ前を向いたまま、見開いた目ばかりを藤兵衛に向けていた。

どきっとして藤兵衛は目を逸らす。

なんの感情も宿さない女の目つきが怖かったからである。

「こんな雨のそぼ降る宵に、女一人で破寺に墓参りをすることにご不審を抱いて御座すのではございませんか？」

女はか細い声で訊いた。

「いや……。そのようなことは……」

藤兵衛はどぎまぎと答えた。たった今、ふっと涌いた疑念を言い当てられたからである。

「大切な方の墓参りなのでございます。そのお方は三日前にこの先の仕置き場で首を刎ねられました。お坊さまが経を上げてはくださいましたが成仏できるものではありません。己の首の行方を捜して彷徨っておるのでございます。昨日はこの破寺で見かけたとの話がございました」

藤兵衛はぎょっとして女を見た。

女はまばたきもせずに目を見開いたまま、藤兵衛を見返した。

「このような所を探しても見つかるはずはございません。そのお方の首はまだ獄門台に晒されているのでございますから」

女は紅い唇をにっと歪めて笑った。

「藤兵衛さま。藤兵衛さま。不思議とは思いませぬか？　このように雨が降っているというのに、傘も差さないわたくしは、まったく濡れていないのでございます」

藤兵衛は「あっ」と言って立ち止まった。

確かに、雨は女の体を突き抜けて地面に小さな飛沫を上げている。

女はけたけたと笑った。

ふっと提灯の明かりが消えた。

同時に、眼前の墓地とその背後の林の中に、幾つもの鬼火が燃えた。

青白い光に照らされて、数十、数百の首のない人々の姿が浮かび上がった。

藤兵衛は亡者の群に囲まれていた。

絶叫した藤兵衛の意識は、一瞬で暗転した。

気がつくと朝になっていた。

藤兵衛は泥だらけの体で破寺の敷地を逃げ出した。

「――小塚原の破寺へ近づくべからず。仕置き場の露と消えた者ばらが彷徨い出《いず》る場所なればなり」

貫兵衛は結びの文を声に出して読んだ。

「なかなか気色の悪い話だろう」

利三は言った

「うむ――」

と肯きながら、貫兵衛は薬楽堂《やくらくどう》の大旦那長右衛門《ちょうえもん》が、只野真葛《ただのまくず》に怪談本を書かせたいと言っていたことを思い出した。

これはいいネタになるかもしれない――。

貫兵衛は読売を畳んで懐に仕舞い、「それでは、励めよ」と、財布を出し、銭を一摑み取ると、利三の掌にじゃらじゃらと載せた。

「こいつは、どうも。過分に頂きやして」

利三と介次は嬉しそうに微笑んで頭を下げた。

二

鉢野金魚《はちのきんとと》は、浅草福井町の長屋を出た。麻の白い着物の裾には水色の流水模様があしらわれている。髪型はいつもの甲螺髷《ばいまげ》で、白味の強い翡翠《ひすい》の簪《かんざし》を挿していた。

新しい戯作の草稿が出来上がったので、長右衛門や無念《むねん》に読んでもらおうと考えたのである。持っていけば言われることは決まっている。

『そんなにたくさん書いても、すぐには本にならねぇぜ』

金魚はこう答える。

『溜めといて順繰りに出してくれりゃあいいよ』

すでに十作近い草稿を長右衛門に預けていた。

鼻歌を唄いながら、神田川沿いの左衛門河岸を新橋の方へ歩く。

右手は大名屋敷の白壁。少し先に辻番所が見えた。

ふと気がつくと、前方の通行人の中に、見知った後ろ姿があった。

霰《あられ》小紋の羽織の少し丸めたような背中と、その早足の足取りは、金魚の戯作の贔屓、益屋《ますや》の若旦那慎三郎《しんざぶろう》である。

声をかけようとした時、慎三郎は番所の前を右の道に曲がった。

この近くに用事があったのだろう。慎三郎が曲がった先は武家地で、大名屋敷や旗本、御家人の家々が建ち並んでいる。得意先に商品を届ける途中だったのだ――。

だが、益屋から来たにしては道がおかしい――。

いや、どこか別の所に寄ったのだろう――。

そこまで考えて、金魚は眉根を寄せる。

あたしの長屋もすぐそこだ。まさか、あたしの長屋を訪ねようとしていたわけじゃないだろうね――。

別に住まいを隠しているわけではないから、知りたいと思えば〈ひょっとこ屋〉辺りで聞けば教えてくれるだろう。

だが、用があったならばなぜ戸を叩かなかった?

慎三郎は薬楽堂の近くに隠れてあたしの様子を探っていたとか言っていたね――。

もしかして、あたしの長屋の様子もうかがっていたんだろうか?

そう考えると少し薄気味悪くなったが、確証があるわけでもない。たまたま近くを通りかかったと考える方が無理がない。

せっかく贔屓にしてくれている人を変人扱いしちゃ悪いよ――。

金魚は反省しながら柳橋を渡った。からころと下駄を鳴らしながら薬楽堂へ向かう。

水売りの声が蝉の声に負けじとあちこちから聞こえてくる。

江戸は埋め立て地が多く、そんな場所では井戸を掘っても塩辛い水が出る。だから地中に木樋《もくひ》を通し、神田川や玉川から水を引いて上水とした。映画やドラマで見る長屋の井戸のほとんどが、実は上水道だったのである。ちなみに、長屋の井戸は毎年七月七日に店子総出で水を浚《さら》い掃除をする決まりになっていた。

江戸同様に埋め立て地の多かった大坂は上水道が完備されていなかったので、日常の飲料水を売る水屋という商売があったが、江戸の水売りは〈清涼飲料水売り〉である。水を真鍮の碗に注いでより冷たく供したり、少量の砂糖を溶かしほのかな甘みを加えたり、白玉を入れたりと、さまざまな工夫をしていた。

金魚は薬楽堂の暖簾を潜った。

「ごめんなさいよ」

金魚が土間に立つと、客の相手をしていた番頭の清之助《せいのすけ》が小さく会釈をする。帳場に座っている主の短右衛門《たんえもん》が「おはようございます」と言って、金魚の風呂敷包みを見て眉をひそめた。

「もしかして、それは新作でございますか？」

「そうだよ。次から次と筋が浮かんできてさ。筆の動きが追っつかなくてさぁ」

金魚は眉を八の字にして小さく首を振った。

「しかし、そうたくさん書かれても、すぐに本を出すってわけにはいきませんから。すでに十作ほどお預かりしております――」

短右衛門は困った顔をする。

「いずれは本にしてもらうんだ。つまりは、金を薬楽堂に預けているようなもんじゃないか。ずっと前に書いた草稿が本になれば、思いもかけなかった時に金が転がり込む。なんだか儲けた気分になるだろう」

「はぁ……。そういうものでございますかね……」

短右衛門は苦笑いをした。

「そういうもん――、だと思うよ。たぶん」

金魚は言って通り土間へ進んだ。

摺立のための小屋の建つ庭を進み、離れへ向かう途中、本能寺《ほんのうじ》無念の部屋の障子が開け放たれているのが見えた。

庭に向かって文机が置かれ、白の長襦袢の上に黒っぽい絽《ろ》の着物を着た真葛が眼鏡をかけてそれに向かっていた。

その後ろで正座をした無念が団扇で真葛に風を送っている。

「なんだい。真葛さんの付き人になったかい」

金魚はからかいながら縁側に腰を下ろした。

「ふざけたことをぬかすんじゃやねぇよ」無念は鼻に皺を寄せた。

「校合《きょうごう》をしてやるから団扇で扇《あお》げって言いやがるから、仕方なくやってるんだよ」

校合とは校正のことである。

「ちらっと草稿を読ませてもらったらさぁ――」真葛は草稿に朱を入れながら言う。

「字は汚いし、誤字脱字、言葉の使い方の間違いが酷くてねぇ」

真葛の言葉に、金魚はくすくすと笑う。

「無念先生も真葛さんにかかったら形無しだねぇ」

「てやんでぇ」

無念は唇を歪めた。

「それでもまぁ、お前よりは話の作り方を心得てる」

真葛に言われて金魚は首を竦めた。

「おーい。金魚」

と離れから長右衛門が顔を出した。

「おれに用事だったんじゃねぇのかい？」

「ああ」金魚は縁側に座ったまま長右衛門の方を向いて、風呂敷を掲げて見せる。

「新しいのを書いて来たよ」

金魚が言うと、長右衛門は離れを出て草履をつっかけ、煙草盆を持って無念の部屋の縁側へ歩いて来た。だらしなくはだけた生成りの麻の着物の間から、肋《あばら》が浮き出した胴が見えている。

「そんな格好をしてると、棺桶から這い出した屍みたいじゃないか」

「なんとでも言いやがれ。暑い時に格好なんか気にしてる余裕はねぇよ」

と言いながらも、長右衛門は真葛の姿を見ると着物を調《ととの》えた。

「真葛さん、いつまでもそんなことをやってねぇで、本を書いてもらえねぇかな」

長右衛門は言いながら金魚の隣に座って、煙草盆を置き、煙管を吸いつけた。

「他人が喫《の》んでるのを見ると、喫みたくなるねぇ」

金魚は帯から煙草入れを抜いた。籐の花結び編みの筒に青い縞の更紗《さらさ》の叺《かます》。前金具は鯰《なまず》に似た夏の魚の義蜂《ぎばち》である。節のある竹の羅宇《らお》の細い女持煙管《めもちきせる》を出して煙草を詰めた。

「わたしも一服といくかねぇ」

真葛は筆を置いて男持の煙草入れから銀延煙管を出す。曼珠沙華の金象眼《きんぞうがん》がきらりと光った。

「おれは真葛さんに【雨月物語《うげつものがたり》】の上を行く、本を書いて欲しいんだよ」

長右衛門は煙と共に吐き出す。

【雨月物語】は、上田秋成《うえだあきなり》が著した、怪異譚の小説集である。四十五年ほど前に刊行された本であった。

「わたしなら、あんな胸くその悪くなる序は書かないね」

真葛も煙を吐く。

秋成は【雨月物語】の冒頭に、自分の作品を卑下すると見せて、並々ならぬ自信が読みとれる序文を書いている。

「序はともかく、話も文もすこぶる上手いよ」

金魚が言う。

「おれは最後の【貧福論《ひんぷくろく》】が嫌ぇだな。説教臭くていけねぇ」

無念も煙管を吸いつけた。

「わたしは【貧福論】こそ傑作だと思うね」真葛が言う。

「わたしの〈天地の拍子〉に似た考え方が書かれてる」

「あたしはやっぱり【吉備津《きびつ》の釜《かま》】だね。夜な夜な正太郎の家を訪ねてくる磯良《いそら》の怖さといったら――」

　金魚の言葉を真葛が遮る。

「だが、なんといっても面白いのは、【雨月物語】は脱稿から八年の間、刊行されなかった。その八年間になにがあったかっていう謎が――」

　と真葛が言った時、庭に北野貫兵衛が入ってきた。

「真葛どの。面白い話を持ってきたぞ」

　貫兵衛は体を伸ばして真葛に読売を渡すと、長右衛門の隣に腰を下ろした。

　無念と金魚が真葛の手元を覗き込む。

　長右衛門は首を伸ばして読売をちらりと見ると、

「怪談かい」と貫兵衛に言った。

「出所《でどころ》は分かってるのかい？」

「浅草田原町の利三と介次の出した読売だ。中身は日本橋室町の呉服屋美濃屋藤兵衛って男が草稿を持ってきたらしい」

　貫兵衛は子細を語った。

「ふん」

　真葛は読み終えると鼻で笑って長右衛門に読売を渡した。

「文はまずまずだが、絵はひでぇな」

　長右衛門は顔をしかめた。

「介次が描いたそうだ」

貫兵衛は苦笑しながら言う。

読売の挿し絵は絵師が描くこともあったが、手間賃を節約するために本業ではない者たちにも描かせた。

この頃より二十年ほど時代は下るが、肥後国に出現した〈アマビエ〉という妖怪のことを知らせる読売が現代に残っている。その挿し絵はあまりに稚拙で、あきらかに専門に絵を習った者の手になるものではないと分かる。現代の感覚で言えば、小学生の低学年程度の画力である。おそらくまったく絵心のない筆工か誰かが描いたものであろう。お世辞にも上手いとは言えないが、なんとも素朴で愛嬌がある。

「他人《ひと》が書いてしまったものの焼き直しなどしたくないね」

真葛が言った。

「小塚原町へ行って、己の目で確かめてから書けばよいではないか」

貫兵衛が言った。

「君子危うきに近寄らず」真葛は首を振る。

「小塚原には仕置き場がある。恨みを抱く怨霊がうようよしておろう。そんな怨霊らにいつ取り憑かれるか分からない所にわざわざ行く奴は愚か者だ」

「小塚原町は千住宿の加宿だよ」金魚は笑う。

「飯盛旅篭や沢山のお店《たな》もある。大勢人が住んでいるんだ。いつ怨霊に取り憑かれるか分からない場所だったら、小塚原は怨霊憑きばっかりの町になっちまうよ」

「住むのと、遊び半分で近づくのとでは違う。怨霊どもは、己らを暇つぶしのたねにしようとする者たちを敏感に見分ける。そういう奴らに取り憑いて、あの世へ引っ張って行くのだ」

「そんなら、あたしが行ってくるよ。あることないこと話を盛って、その読売よりも数百倍おっ怖《かな》い戯作に仕上げるよ」

「やめておけ」

真葛は怖い顔で言った。

「あたしに取られるのは勿体ないかい」

金魚は、ことさらに憎々しげな口調で言うと意地悪な笑顔を真葛に突き出す。

「お前の命を心配しているんだ」

真葛は金魚をじっと見つめた。

その顔が真剣だったので、金魚はからかったことを少しだけ反省し、

「大丈夫だよ。昼間に行くさ」

と言って立ち上がった。そして、無念の襟を引っ張る。

「さぁ、行くよ」

「行くよって、おれもかい？」無念は慌てた顔で金魚の手を払う。

「ふざけるんじゃねぇよ。そんな危ねぇ所へ行くもんか」

「昼間に幽霊をおっ怖《かな》がってどうするんだ。金玉をぶら下げてるんなら、さっさとついて来な」

「金玉ぶら下げてるか、ぶら下げてねぇかなんて関係ねぇだろうがよ！　君子危うきに近寄らずって真葛さんも仰せられてたろうが！」

着物を引っ張って立たせようとする金魚とそれを拒もうとする無念の攻防が続く。

「誰が君子だい。虎穴に入らずんば虎児を得ずって言うだろう。怪談本が売れたら少し分け前をやるからついて来な！」

「これ、無念」真葛が煙管を吸いつける。

「男がそんなに幽霊を怖がったら、みっともないよ」

と煙を吐き出す。

「あっ。婆ぁ、手前ぇ裏切る気か！」

無念は金魚の腕を押さえながら真葛を睨む。

「裏切るもなにも。わたしは行かないと言っただけだ。お前や金魚がどうしても行くっていうんなら止めても無駄だろうが。その破寺の様子には興味があるから、よっく見て来て知らせておくれ」

「やっぱりね」金魚は真葛を見ながらにやりとする。

「そうじゃないかと思ったよ」

「なにがだよ！」

金魚との腕の取り合いに劣勢になった無念が言う。

「そんなことも分からないのかい」

金魚は、隙を突いて右手で無念の後ろ襟を摑む。くるりとその背後に回って左手でも襟を捕らえると、そのまま無理やり引き上げた。

「それ以上、駄々をこねるとみっともねぇよ」

長右衛門がにやにや笑いを浮かべる。

「分かったよ！　行きゃあいいんだろ。お供してやるぜ」

無念は沓脱石に飛び下りて草履をひっかけた。

三

通油町の薬楽堂から小塚原町までは二里（約八キロ）ほどである。

無念と金魚は浅草寺の前を過ぎ、浅草花川戸町、山之宿町を通って山谷堀に架かる三谷橋を渡り、新鳥越町を千住大橋の方向へ歩いた。日は中天から西に傾き始めていたから、無念の足はしだいに速くなった。

奥州街道の両側にまたがる新鳥越町は、一丁目から四丁目まである。それを過ぎれば浅草山谷町、中村町。そして、小塚原町であった。

「しかし、読売には破寺の場所ははっきりとは書かれてなかったぜ。行っても見つからねぇってことになるかもしれねぇ。無駄足になるぜ、きっと」

　新鳥越町三丁目の緩く曲がった道を進みながら無念は言った。

「ここまで来て、まだ言うかい」

　先ほどからちらちらと後ろを気にしていた金魚は舌打ちした。

「ここから四丁目までは道が斜めになっていて先が見通せないが、山谷町まで来ると小塚原町まで道は真っ直ぐ。読売には、山谷町を通り過ぎたことを覚えていないって書いてあったから、山谷町を過ぎたことは確か。そして、左手に小塚原町の明かりが見えていたっていうんだから、破寺は山谷町から小塚原町までの間、中村町にあるんだよ。その位置関係から破寺はこの道の右側。百姓地の中だね」

「へぇ。この辺りのことにずいぶん詳しいじゃねぇか。吉原もすぐそこだし、来たことがあるのかい？」

　無念は小声で訊いた。

「あるわけないじゃないか。ずっと籠の鳥だったんだから――。外に出られないから、切絵図を眺めて江戸を散歩している気分に浸ってたんだよ。江戸市中全部とは言わないが、かなりの土地はこの中に入ってるよ」

　金魚は自分の頭を指差す。

「ああ……。そういうことかい……」

　無念は、幼い頃から廓外《そと》に出ることも許されずに過ごした金魚の身の上に思いをはせ、口ごもる。

二人は山谷町に入った。

金魚は前方を顎で差す。

「読売の記述から推当《おしあて》することもなかったね」

「ほんとだ――」

十町（約一・一キロ）先の左手に刑場の矢来《やらい》が見えた。その隣に供養のための常行堂が建っている。

そして――、その先四町（約四三六メートル）余りの所に人だかりがあった。
十五、六人であろうか、老若男女が道端に集まって右側の林の中を覗き込んでいる。
甘酒や団子屋の屋台も三つ四つ並んでいる。

「読売を見て来た野次馬か」無念は呆れたように首を振った。

「江戸者はほんと、物見高いねぇ」

林の中にも人影が動いている。破寺に入り込んでいる者もいるようであった。

「まだまだ来るようだよ」

金魚は後ろを振り返りながら言う。
五、六人の男女が楽しげに談笑しながら歩いて来る。
「夜にはもっと増えてるんじゃないかね」

「罰当たりが多いぜ」

刑場が近づくと、異様な臭気が漂い出す。腐臭である。

無念は小走りに仕置き場の矢来に歩み寄る。獄門台に晒し首はなかったが、首切り地蔵に合掌した。金魚もそれに倣う。

後ろから来た男女は騒がしく二人を追い越して行った。

「ほんと、罰当たりだねぇ」

金魚は顔をしかめながら人だかりの方へ歩き出す。

「おれたちもその仲間だぜ」

「それは違うね」金魚は首を振る。

「あたしらは面白半分の幽霊見物じゃなく、読売の真偽を確かめに行くんだ」

「読売が嘘だっていうのか？」

無念は片眉を上げげた。

「今に貫兵衛が走ってきて、嘘の一つを知らせてくれるよ」

「貫兵衛が？　あいつになにか命じたのか？　いつの間に？」

「あたしと真葛さんの話を聞いたからきっと貫兵衛は動いているって推当てたんだよ」

「ああ。さっきっから後ろを気にしていたのは貫兵衛が来るのを待ってたのか」

「そういうこと」

金魚は小走りに人だかりの中に入る。

「どうだい？　幽霊は出たかい？」

金魚は周りの人々に訊く。

「出るわきゃあねぇだろう」若い男が答えた。

「まだ昼間だぜ」

「なんだい。幽霊見物に来たんじゃなかったのかい？」

金魚に訊かれて、若い男は少し慌てたように、

「近くまで来たから寄ってみただけさ」

と答えた。

「境内には入ってみたかい？」

「入るわけねぇだろう。昼間は幽霊は出ねぇんだから」

若い男はさらに慌てたように答える。

「じゃあ、幽霊が出る夜に改めて出直すんだね？　そうか、昼間は下見ってわけか」

金魚はぽんと手を叩く。

「そういうこった……」

男は口ごもりながら後ずさり、野次馬たちの中に紛れ込んだ。

「へっ。臆病者」金魚は小さい声で言うと、野次馬を掻き分けて前に出た。

「あっ。おい、金魚！」

無念は、参道に向かって歩く金魚を追いかけた。

「なにをするつもりだ！」

無念は金魚の腕を取って言う。

「境内を調べてみるんだよ。おっ怖ぇんなら待っててていいよ」

金魚の言葉を聞きつけた野次馬たちが、

「どうする兄さん」

「姐さんだけ行かせるつもりかい？」

と囃し立てた。

「ふざけるねぇ！　そんなことするわけねぇだろう！」

無念は肩をそびやかし、金魚の前に出る。

「なんならあんた一人で行って来てもいいんだよ」

金魚は無念の背中に身を寄せてからから。

「勘弁しろよ……」

無念は小声で言った。

林の中の道は短く、すぐに茅葺きの山門であった。参道も、境内も夏草が生い茂り、正面に見える本堂の屋根にも草が生えていた。
五、六人ほどの若者が草を掻き分けながら境内を歩き回っている。
「幽霊は出たかい？」

金魚は、ぷーんと音を立てて近寄ってくる藪蚊を追い払いながら訊く。

「なにも出ねぇよ」

若者の一人が答えた。袖まくりした二の腕に龍の彫り物が見えた。

「読売はガセかい」

「夜になってみねぇと分からねぇよ」

別の若者が答える。

「夜も来てみるのかい？」

「ああ。今まで幽霊の話は聞いたことがあるが、本物を見たことがねぇ。この目で見るまで通い詰めてやるぜ。それで出なかったら、読売屋にねじ込んでやる」

「お詫びに一席設けさせてやるのさ」

三人目の若者が笑った。

「利三と介次はえらい目にあいそうだね」

金魚はくすくす笑いながら無念を振り返った。

「幽霊は出なかったっていうんだから、もういいじゃねぇか」

無念は声をひそめて言った。若者たちを意識しているらしく、胸を反らせて堂々とした様子を演じている。

「駄目だよ。ちゃんと調べるんだ」

金魚は言って本堂の階段を上り、板戸を開けた。

所々土の落ちた壁から光の帯が差し込んでいる。屋内はかなり荒らされていて、木魚や鉦《かね》など金目の物は盗まれていた。しかし、大きすぎて運び出せなかったのだろうか、薄暗い本堂の奥の須弥壇《しゅみだん》には、ほとんど金箔の剥がれた阿弥陀仏の座像が残っている。

板敷には土埃が溜まっていて、はっきりとした足跡がついていた。全体に散ってい
たが、戸口から本尊までの間が一番多く、帯のようになっていた。

「こんなになっても拝む奴がいるんだな」

戸口から怖々と中を覗き込んでいる無念が言う。

「罰当たりも多いが、信心深い奴も多いってことかね」

金魚は板敷の足跡を子細に眺め、次いで須弥壇の周りをぐるりと歩いた。そして一
つ肯くと外に出た。本堂を回り込んで裏手の墓地へ歩く。

「思っていたより墓石の数が少ないねぇ」

金魚は墓地を見回す。確かに、雑草の中に立つのは苔むした墓石が十数基。あちこ
ちに散っている。

「廃寺になってから墓を移したんだろうよ。残っているのは無縁仏になっちまった奴
の墓石だろうぜ」

「ひとまず、見なきゃならない所は見たから、戻ろうか」

金魚は墓地を出た。

二人並んで山門へ歩く。若者たちはまだ境内をうろついていた。

「お先するよ」

金魚は山門をくぐる。

「ちくしょう。痒いねぇ」

金魚は眉間に皺を寄せて臑《すね》を掻く。藪蚊に食われた所が幾つか赤くなっていた。

「わざわざあんな所に入《へ》えるからだ」

無念も臑を掻いた。

「でも、収穫はあったよ」

「今幽霊が出なかったからって読売の話は嘘だなんて言うんじゃねぇぜ」

「大勢の首無し幽霊が出たって読売にはあったけど、墓地に草を踏んだ跡はなかった。ってことは、あの読売は赤嘘ってことさ」

「幽霊は足跡なんかつけるもんか。お前ぇ、幽霊はいねぇって前提で話をしてるだろ」

「そうだよ。少なくとも誰かが美濃屋藤兵衛を脅かそうとした仕掛けに引っ掛かったってわけじゃない。なにかの理由で幽霊話の読売を出さなけりゃならなかったんだ」

二人は街道に出た。野次馬たちが「幽霊はいたかい？」と口々に訊いた。すでに五十人を超える人々が集まっていた。

「いなかったよ」

と人混みを掻き分けると、屋台の数も倍ほどに増えていた。葦簀《よしず》で小屋掛けをして、茶店を開いている者もいた。

その茶店の長床几に団子を食う貫兵衛の姿があった。

「やっぱり来たね」

金魚は微笑みながら貫兵衛の隣に座り、親爺に茶と団子を頼んだ。

「で、どうだった？　日本橋室町に美濃屋って呉服屋はなかったろう？」

「あった」

貫兵衛は団子を茶で流し込みながら言った。

「あった？」

金魚はがっかりした顔になる。

一方、無念は勝ち誇ったように、

「推当がはずれたかい」

と言う。

「美濃屋はあったが、主の名前が違った。藤兵衛なんて奴は、使用人にもいなかった」

「ほれみろ」

金魚は無念に舌を出す。

「話が話だから、偽名を使ったってこともあるだろう」

無念は言い返す。

「つまりは本名を知られたくなかったってことだろ。それに、わざわざ金を出して読売を出させる——。本当の目的はなんだろうねぇ」

金魚は腕組みをした。

「この屋台の連中の中に、美濃屋藤兵衛と名乗った男がいるという読みはどうだ？」

　貫兵衛が言った。

「野次馬を集めて一儲けかい？」金魚は首を捻る。

「一軒ならともかく、これだけ屋台が出ているんだ。屋台の売り上げで、読売を出した分の損を取り返してなおかつ儲けが出るほどの実入りがあるかねぇ――」

「そこが読み違えかもしれねぇな」無念は運ばれてきた団子を口に運んだ。

「野次馬を集めて一儲けしようと思ったら、商売敵まで集まっちまった」

　金魚は「読み違えねぇ――」と言って顎を撫でる。

　そして、

「いいこと言うじゃないか」

　と無念に顔を向けた。

「だろ？」無念はにんまりとするが――。

「で、なにがいいことだったんだ？」

「なにかの読み違えがあったんだよ。あたしらの方か、藤兵衛の方に」金魚はゆっくりと言いながら団子を齧る。

「もし、藤兵衛の方に読み違えがあったんなら、また動き出すよ。貫兵衛。利三と介次に、『また読売を出してくれ』って藤兵衛が現れたら知らせるようにって伝えておいとくれ」

「あい分かった」貫兵衛は立ち上がる。

「美濃屋を調べた駄賃は、団子代でまけてやる」

と言って、貫兵衛は山谷町の方へ歩いた。

「さて、あたしたちも帰ろうか」

金魚は財布を出して三人分の代金を床几に置いた。

「次はどうするんだ？　夜にもう一度来るなんて言い出すんじゃないぜ」

無念は金魚と並んで歩きながら言った。

「幽霊は出ない。来たって仕方がないよ」

「出るかもしれねぇじゃねぇか」

「だったら確かめに来るかい？　それならつき合ってもいいよ」

金魚は意地悪く言う。

「うーむ。それは困る――。だけどよう。出るか出ねぇか確かめなくていいのかよ」

無念は渋い顔を金魚に向ける。

「幽霊が出ても出なくても、利三と介次が読売に書くよ」

「利三と介次が？」

「ああ。必ずそうなるね。あの二人、貫兵衛から破寺に集まった野次馬たちの様子を訊けば、いいネタになると思って駆けつけるに違いない。幽霊が出たら怪談仕立てに、出なかったら野次を揶揄する内容で読売を出すさ」

「なるほど――。明日、二人の読売を見れば、今夜のことが分かるってことか」

「一晩中、あんな所で張り込んでいりゃあ、藪蚊に全身を食われちまうよ。それよりはゆっくりと明日の読売を待った方がいいってもんさ」


翌朝、金魚の予想通り、利三と介次の読売が出た。

結局、幽霊は現れなかったようだが、夜になってさらに野次馬の数は増え、吉原の行き帰りについでに見物に来る者もいて、屋台も深夜まで賑わっていたらしい。

利三と介次は、破寺の幽霊の読売を出した手前、『今夜は出なかったが、明日の晩は分からない』と、まとめていた。

四

金魚と無念が中村町の破寺に出かけてから三日。藤兵衛の動きはなく、読売の真偽については、どちらにしても確証を摑めないままであった。

真葛は、朝に薬楽堂を訪れて閉店までの間、帳場の脇や無念の部屋、長右衛門の離れなどで煙管を吹かしていた。いつもよりも口数が少なく、なにか考え込んでいるように見えた。

金魚も、貫兵衛から知らせがあるのを待って薬楽堂に詰めていたが、どうにも真葛の様子が気になって、後について部屋を転々としていた。

真葛は、自分が気づいていない〝なにか〟に気づいている。それが悔しく、なんとか探り出してやろうと思っているのだが、それとなく訊いても真葛はのらりくらりとはぐらかす。そのたびに金魚の苛々はつのる。

苛々すれば考えもまとまらない。

さてどうする――。

金魚はいい手を思いつき、真葛が煙管をくゆらす長右衛門の離れを出て、小僧の松《まつ》吉《きち》に用を言いつけた後、無念の部屋に移った。

無念は団扇を忙しなく動かしながら、真葛に朱を入れられた草稿の手直しをしていた。

「なんでぇ。ウンコはやめたのかい」

無念は、部屋に入って来た金魚をちらりと見上げて、すぐに草稿に目を戻した。

「なんだい。ウンコなんて失礼な」

金魚は口をとがらせながら無念の後ろに座り、煙草盆を引き寄せ、帯から煙草入れを抜いた。今日のそれは、網代編みの煙管入れと緩やかな波線模様の布の叺《かます》である。前金具は鮎であった。

「金魚がよぉ、金魚のウンコみてぇに婆ぁにくっついて歩いているからさ」

無念はにやにやしながら筆を動かす。

「ばか」

金魚は鼻に皺を寄せた。

「それで、婆ぁがなにを考えているのか分かったかい？」

「さっぱりさ」

「それなら、家に帰って一人ゆっくりと考えをまとめた方がいいんじゃねぇのか？」

「あんたと話してた方が、いい案が浮かぶんだよ」

「おっ」無念は金魚を振り返った。

「嬉しいこと言ってくれるね」

「あんたの頓珍漢《とんちんかん》な推当を聞いていると、ふっと糸口が見えたりするんだよ」

「なんでぇ」

無念は肩をすくめて草稿に向き合う。

「ほれ、なんか推当してみなよ」

金魚は煙管を吸いつける。

と、視野の隅で、真葛が庭を横切るのを捕らえた。

やっぱりね――。向こうはあたしが側にいるんで動くに動けなかったんだ。

金魚は、ほくそ笑む。

「ばか。今、草稿を直してるんだよ。推当なんかできるもんか。お前ぇと話してることも邪魔なんだよ」

「そんなことはいいから。読売や破寺のことでなにか気になることはないかい？」

「そんなことってなぁ。こいつができなきゃおまんまの食い上げなんだよ――」無念の手がふと止まる。

「気になってることと言やぁ、破寺でのお前の動きよ」

「あたしの動き？」

「須弥壇《しゅみだん》の周りを回ってたろ。ありゃあ、なんのためだ？」

「ああ――。埃の上の足跡を確かめたんだよ」

「そりゃあ分かってる。なぜわざわざ足跡を確かめた？　ざっと眺めたら分かることじゃねぇか。近所の連中が意外に信心深いってだけの話だろ」

「近所の連中だけじゃないんだよ」

「どういうことでぇ？」

無念は筆を置いて金魚に向き合う。

「草履と下駄と草鞋。足跡は三種類だった」

「ほぉ。それで？」

「草履と下駄は近所の連中。だけど草鞋は、奥州街道を旅する奴の足跡さ」

「なるほど。千住大橋を渡る前に旅の安全でも祈願したんだろうな」

「そういう奴だけなら、戸口から須弥壇まで真っ直ぐの足跡がつく。だけど、草鞋の足跡は、須弥壇の周りにもあった」

「ははぁ。なるほど。そいつらは盗賊だな」無念は身を乗り出した。

「盗みをするには足拵《あしごしら》えをしっかりしておかなきゃならねぇ。当たりだろ？」

「うん。おそらく、阿弥陀さんを盗もうとしたけど大き過ぎて断念したんだろうよ」

「なんでぇ。幽霊話とは関係ねぇか」そこで無念はなにか気がついた表情になる。

「そういうことならもう一つ――。お前ぇ、おれが言った『読み違え』って言葉に引っ掛かってたじゃねぇか。もし、盗賊が阿弥陀さんを盗み出そうとしていたっていうお前ぇの推当が読み違えだったら？」

「ああ――」金魚は頷いて煙管の灰を捨て、新しく煙草を詰めた。

「そういうこともあるかもしれないねぇ。推当はあくまでも絵空事。裏を取らなきゃそれが当たりかどうか分からない」

金魚は吸いつけた煙を長く吐き出した。


その頃真葛は、汐見橋を渡って橋町四丁目の木戸番所に向かって早足で歩いていた。

そこには卯助《うすけ》がいるはず――。

卯助は、日本橋北の辺りを管轄としている北町奉行所同心本多左門《ほんださもん》の配下である。

時々息抜きのために橋町四丁目の木戸番所で番太郎の老人相手に無駄話をしているの

を、真葛は見かけて知っていた。

ともすれば揺らぐ心に苛立ちながら、真葛は歩く。

真葛は中村町の破寺で起きた怪異の裏を推当てて〝大それたこと〟を思いついたのであった。

それは法に触れることであり、失敗して捕らえられれば死罪である。

真葛の心が揺らいでいるのは、死罪が恐ろしいからではない。

罪を犯しても構わないと考えた自分自身に驚き、恐れているのだった。

それほどまでにわたしは【独考《ひとりかんがえ》】を本にしたいのか――？

今まで、これほど強い欲を感じたことはなかった。

理解のある親の元で奔放な娘時代を過ごし、一度目に嫁《か》した相手とは上手くいかなかったが二度目で理解のある男の元に嫁いだ。書き物をするようになったのは夫の勧めであった。自分は恵まれていると思う。

しかし。武家の世を見回せば、不幸な女のなんと多いことか。

女はただの労働力であり、子を産む器でしかない。

子供時代は母を慕い、頼ってくる子供たちも、大人になるまでにそういう思想に染められてしまう。女はそういう男たちに嫁ぐ。

幼くしては父母に従い、嫁しては夫に従い、老いては子に従う――。

世の中の考え方を変えぬ限り、武家の女はいつまでも縛られ続ける。

【独考】にはそんな女たちを解放したいという望みも込められていた。

草稿を読んだ曲亭馬琴は最初、大いに賞賛したが、どんな心境の変化があったのであろう、しばらくすると『女の浅知恵・高慢』と切り捨てた。

思ってみれば最初の賞賛も『女のくせによくここまで考えた』という程度のものであったのかもしれない。

馬琴は【独考】を全否定する【独考論】を書き、絶縁の手紙と共に真葛に送った。

真葛は淡々とそれを読み、そして、淡々と礼状を書き、お礼の品と共に馬琴に送った。

自分では冷静な対応をしたと思っていた。だが、心の底には怒りの炎が燃え上がっていたようであった。数日はそれに気づかずに過ごしていたが、『江戸に出て【独考】を本にしたい』という気持ちが勃然として噴き上げてきたのだった。

今にして思えば、それは突然起こったことではなく、ずっと体の中で燃え上がっていた炎がきっかけを見つけて表出しただけのことだったのだ。

もうすぐ六十に手が届く齢《よわい》の自分にそういう激しい感情が隠れていた――。

残り少ない人生だからこそ、生きた証を残したいのかもしれない。そんな切羽詰まった思いもあるのだろう――。

体は枯れても、心の中には生々しい感情が渦巻いている。

その業《ごう》が恐ろしかった。

一方、『そんなことをするんじゃない』と引き留める自分もいる。

お前は理性的な女であったはずだ。

その〝大それたこと〟は、一人でできることではなかろう。

気のいい薬楽堂の面々を巻き込むつもりか？

その問いかけは、真葛の胸に鋭い痛みを生んだ。

連中を死出の道連れにしても、【独考】を本にしたいのか？

【独考】に、それほどの価値があるのか？

いや【独考】は、どうしても世に問わなければならない本なのだ。

たとえ、盗人の上前をはねた金を使ってでも――。

真葛は相剋に心を乱され、松吉が尾行《つけ》ていることなど気づきもしなかった。


金魚が煙草を一服吸い終わった時、貫兵衛が庭に駆け込んできた。

「新展開だ」

貫兵衛はそう言いながら無念の部屋の前を駆け抜けて、長右衛門の離れに向かう。

金魚と無念は部屋を飛び出し、貫兵衛に続き離れに駆け込む。

「真葛さんと入れ違いだったな」長右衛門が言う。

「お前の報告、聞きたかったろうぜ」

「真葛さんは、どこへ行ったんだい？」

金魚は何気ない顔で訊きながら、長右衛門に向き合う貫兵衛の右に座った。

「ちょっと家に戻るって、さっき出ていった」

長右衛門は言った。

「それならすぐに帰って来るだろう」無念は貫兵衛の左に座る。

「まずおれたちだけでも報告を聞いておこうぜ。真葛さんにゃあ、後から話して聞かせればいい」

「うむ……。そうだな。貫兵衛、話せ」

「面白いことになってきたぞ」

貫兵衛は話し始めた。


半刻（約一時間）ほど前。汐見橋近く、橘町一丁目の貫兵衛の家を、一人の男が訪ねて来た。

恰幅のいい中年男で、仕立てのいい行儀小紋の着物を着ていた。

板敷の文机で筆耕をしていた貫兵衛はその手を止めて土間に立つ男を見た。奥で明日売り出す読売を摺っていた又蔵も馬楝《ばれん》を横に置いた。

「わたしは日本橋室町の呉服屋美濃屋の主、藤兵衛というものだが――」

と男は名乗った。江戸言葉を使っていたが、北関東の訛りがあった。

貫兵衛は驚いたがその表情を隠した。

「あんたかい。利三と介次に読売を出させたのは」

貫兵衛がそう言うと、藤兵衛は苦笑いをする。

「そうだ」

「それで美濃屋藤兵衛さんがおれになんの用だ？」

藤兵衛と名乗る男が美濃屋の主ではないことは先刻ご承知だったが、向こうはこちらがそれを知っていることに気づいていない。まずは話に乗って相手の正体を探ろう。

貫兵衛はそう思ったのであった。

「読売を出してもらいたい」

「読売を？　それなら利三と介次に頼めばいいだろう」

「いや――」藤兵衛はばつが悪そうな笑みを浮かべて首筋を掻く。

「わたしもそのつもりで頼みに行ったんだが――。断られて、お前の所を紹介されたんだよ」

「利三らは断ったと――？」貫兵衛は眉をひそめた。

「いったい、どんな読売を出すつもりだ？」

「わたしが頼んだ読売のせいで中村町の破寺の辺りは大騒ぎになった。それを鎮めようと思ってな。あれは嘘だったからもう中村町の破寺に集まらないようにと――」

「そいつは断られて当然でござんすね」又蔵が呆れたように言った。

「そんなのを出したら、利三さんたちは嘘の読売を出したっていうことを自分で認めることになっちまいやすから」

「嘘だったのか？」

貫兵衛は藤兵衛の顔を覗き込む。

「いや」藤兵衛は真剣な顔で言う。

「嘘ではない。確かにわたしは幽霊を見た。だが、それを読売にしたのは浅慮だった。あんなことになるとは思わなかったのだ」

「読み違えということか」

貫兵衛は無念が茶店で言っていた言葉を思い出した。

「そういうことだ――。利三は、『どうしても読売を出したいのなら貫兵衛さんに頼め』と言って、ここを教えてくれた」

「ふむ――。しかし、利三らの読売が嘘っぱちだったという読売を出すのは気が引けるな」

貫兵衛は腕組みをした。

「貫兵衛さん」又蔵が言う。

「利三さんはきっと、貫兵衛さんならなにか上手い案を出してくれるんじゃないかって頼ったんですぜ。なにも利三さんらの読売が嘘だって書かなくてもいい。破寺に人が集まらないようにすりゃあいいわけでござんしょう?」

「それでいい」

藤兵衛が肯いた。

「人の噂も七十五日と申す。放っておけばいいだけのように思うが。この件に関しては七十五日待つまでもなく、一月もせずに飽きて野次馬はいなくなるぞ」

「その一月が苦痛だ」藤兵衛は顔をしかめる。

「すぐにでも野次馬たちをどうにかしたい」

「うむ」貫兵衛は言う。

「一日二日、考えさせてもらえまいか。上手い案を考えて読売を出そう」

「引き受けてくれるか――」藤兵衛は安堵したように息を吐く。

「ありがたい」

藤兵衛は「明後日、もう一度来る」と言って帰って行った。

五

「――それから、又蔵が後を尾行《つけ》ている。美濃屋藤兵衛と名乗る男が何者か、もうすぐ分かる」

貫兵衛は話を終えた。

「どう考える？」

長右衛門は金魚と無念を見た。

「藤兵衛は、なにかの理由で幽霊話を読売にした」

無念は、金魚が口を開く前に言った。ここのところ活躍する役が回ってこないと思って焦っているようだと金魚は思い、小さく笑って先を促した。

「それから？」

「おお」無念は勢い込んで続ける。

「ところが今度は野次馬が集まるのは嫌だと言う。つまり、そもそも幽霊話を読売にしたのは、中村町の破寺から人を遠ざけたいと考えてのことだ。貫兵衛の話じゃ、藤兵衛には北関東の訛りがあったって言う。藤兵衛は江戸っ子の物見高さを知らず、読み違えたんだ」

無念は『褒めてくれ』と言わんばかりに、一同を見回す。

「もう少し知恵を絞ってみな」

金魚は煙管に煙草を詰めながら言った。

「うーむ。江戸っ子は物見高いが冷めるのも早ぇ。放っておいてもそのうち野次馬は引けるだろうが、それを待っていられねぇ」

「もう少しだねぇ。破寺を見て回った時のことを思い出してみな。あたしが読み違えていた所を見つけたら褒めてやるよ」

「ええと――」

無念は腕を組み、眉間に皺を寄せる。

その時、松吉が縁側に現れ、金魚に手招きをした。金魚は「ちょいとごめんよ」と言って縁側に出る。

松吉は金魚の耳に口を寄せて、

「真葛さんは卯助に銭を渡して、なにか聞き出してやした。その後で、富沢町の松田《まつだ》屋《や》に入って旦那となにか相談してやした。今、ここへ戻ってくる途中でござんす」

富沢町は薬楽堂がある通油町から少し南。松田屋は、同業の地本屋《じほんや》である。

「なるほどね――。ありがとうよ」

金魚は松吉に小銭を握らせた。

松吉は嬉しそうに何度も頭を下げると、店に戻って行った。

「すまなかったね」金魚は席に戻りながら無念に言う。

「考える時が稼げてよかったろう」

「てやんでぇ。待ちくたびれて欠伸が出るところだったぜ」

無念は負け惜しみを言ったが、実のところ、なにも思いついていなかった。仕方なく、金魚が言ったことを思い出し、口に出してみる。

「金魚は須弥壇《しゅみだん》の周りの草鞋の足跡を、阿弥陀さんを盗むためについたと言ったが――、あっ!」

無念は目を見開いて金魚を見た。

「破寺に人を近づけたくねぇ理由は、そこになにかがあるからだ！　藤兵衛は須弥壇の中になにか隠したに違いねぇ！　藤兵衛が盗賊だと考えれば――」

無念がそこまで言った時、金魚が庭の方を振り返った。

真葛が戻ってきて、離れの方へ歩いてくる。

無念の大声は聞こえていたはずだ――。

金魚はそう思ったが、真葛はむすっとした顔のままである。

無念も真葛が帰ってきたことに気づき、

「藤兵衛は盗賊で、破寺になにか隠してるって推当てたぜ」

と声をかける。

「聞こえてたよ」

真葛は不機嫌そうな顔のまま離れに入って長右衛門の横に座った。

「それなら話が早ぇや。隠したものはなんだと思う？　おれは盗んだ金か財宝だと思うんだ」

無念は興奮した口調で言う。

「さてね」

真葛はそっぽを向く。

「なんだよ、婆ぁ。おれがいい推当をしたから面白くねぇのか？」

無念は口を尖らせた。

「真葛さん」金魚が言う。

「あんた、藤兵衛が何者で、どこから何を盗んだかを知ってるだろう？」

その言葉に、真葛はぎょっとした顔で金魚を見た。

「慌てるから、松吉が尾行《つけ》てたのに気づかなかったんだよ」

金魚が言うと、真葛は小さく舌打ちした。

「藤兵衛の本当の名前は、常陸《ひたち》の甚五郎《じんごろう》。常陸国の盗賊さ。少し前に江戸へ出て来たらしい」

「なんでそれを知ってる？」

長右衛門が眉をひそめる。

「本多左門の配下、卯助にちょいと鼻薬を嗅がせて訊き出した」

真葛は答えた。

「真葛さんは、お前よりも先に藤兵衛の正体に気づいていたんだよ」

金魚は無念に言った。

「なんでぇ」無念は頬を膨らませる。

「おれたちに黙ってて、一人で手柄を立てようと思ったのか？」

「そういう訳じゃないんだよ」言って金魚は真葛に顔を向ける。

「で、須弥壇の中にはなにが隠されているんだい？」

金魚の問いに、真葛は観念したかのように小さく息を吐くと答えた。

「常盤橋門外の両替商、北田屋《きただや》から盗んだ二千両だよ」

常盤橋門外には金座があり、銀座周辺と共に両替商が多い地域であった。両替商は、高額な金貨、銀貨を少額の貨幣に、あるいはその逆の両替をすることによって切賃《きりちん》＝手数料をもらう商売である。北田屋は諸大名相手に年貢米の売却や資金の貸し付けなども行う大手の両替商であった。

「奉行所は、常陸国の代官所から甚五郎一味が江戸に出たという知らせを受けていた。手口から奉行所は常陸の甚五郎の仕業だと判断した」

「二千両を盗まれたなら大事件だ」貫兵衛が言う。

「読売になっても不思議はないが――。初耳だ」

「大枚はたいて奉行を抱き込んだんだろうよ」長右衛門が言う。

「信用第一の商売だ。盗賊に入られたなどと世間には知られたくなかろうよ」

「甚五郎一味は盗んだ金を常陸に運ぼうとした――」無念が言う。

「しかし、二千両が盗まれたとなれば、江戸市中はおろか、街道にも手が回る。常陸へ向かうには水戸街道を使う。そのためには千住大橋を渡らなきゃならねぇ。甚五郎一味は金を常陸まで運び出すために、一計を案じ、いったん千住大橋に近い中村町の破寺に隠した。そこでなにか細工をして千住大橋を渡ろうとしたに違いねぇ」

水戸街道は、千住から常陸国水戸を繋ぐ街道である。

「甚五郎一味は幽霊話の読売で──」

言いかけた金魚を無念が止める。

「おれに言わせろよ」

金魚は苦笑して「どうぞ」と言った。

「甚五郎一味は、幽霊が出るっていう噂で破寺に隠したお宝に人を近づけないようにしようと考えた。ところが常陸の生まれの甚五郎たちは江戸っ子の物見高さを甘く見ちまった。案に相違して、大勢の野次馬が集まってお宝を運び出せなくなったってわけだ」

無念は満足したような顔になって、金魚に肯いた。

金魚はあらためて真葛に顔を向け、

「あんたは二千両の中から切り餅一つ二つを横取りしようと思ったんだろ?」

と訊いた。切り餅とは二十五両を紙で包んだものである。

「なんだって?」

長右衛門と貫兵衛は険しい顔になる。

「真葛さんは卯助に話を聞いた後、富沢町の地本屋松田屋に入って主となにか相談していた。おそらく、【独考《ひとりかんがえ》】の私家版を出す相談さ」

「盗賊の上前をはねて、本を出そうと?」

長右衛門は真葛を見る。

真葛は黙ったまま長右衛門を見返す。

「恐ろしい婆ぁだな」無念は言った。

「だが、まぁ、その気持ち、分からねぇでもねぇな。それに北田屋は札差《ふださし》と組んで、あくどく儲けているって話だから、切り餅一つ二つなんて吝嗇《けち》なこと言わずに、二千両を全部頂こうぜ」

札差とは旗本や御家人が幕府から下される扶持米の受領や売買を代行した商人である。また、その米を担保にして金を貸したりもした。

真葛がなにか言おうと口を開けたことに金魚は気づいた。

しかし、真葛は口を閉じる。

真葛はおそらく、【独考】を出せるだけの金をくすねればいいと思っていたに違いないと金魚は思った。

しかし、無念たちに手伝ってもらうならば、分け前も必要だと考え直したのだ。

真葛の顔に後悔の色がありありと浮かび上がる。

こんなことなら一人で金を取りに行く計略を考えればよかった――。そう考えているのだと金魚は思った。

「うむ」と言ったのは長右衛門である。

「金が入れば、【独考】の出版を松田屋に頼まなくとも済む」

その言葉に真葛は驚いた顔をする。

金魚は怪訝な顔をする。

「大旦那が【独考】の出版はできねぇって言ったのは、お上を批判する内容だったからじゃなかったのかい？」

長右衛門は一瞬はっとした顔をして、次いでばつが悪そうに頭を掻いた。

「金がねぇから出せねぇとは、恥ずかしくて言えねぇだろうが。もっとも、お上批判の内容ってのも理由の一つではあるがな。下手をすれば薬楽堂は潰される。だが、金さえあれば、真葛さんにも薬楽堂にも難が及ばねぇやり方が何通りもある」

「それでも二千両はかかるまい」貫兵衛が言う。

「こっちにも回してもらえれば、職人を増やして読売を出す回数も多くなる」

「揃いも揃ってばかだねぇ」金魚が首を振る。

「十両盗めば首が飛ぶんだ。奉行所にばれたらただじゃ済まないよ」

「どこからばれるんだ？」無念が言う。

「今のところ、このことを知っているのは金を盗んで隠した連中とおれたちだけだ。盗賊らは、おれたちが隠し金に気づいたことを知っちゃいねぇ。金を猫ばばしたっておれたちがやったとは知れねぇんだ。だったら、指をくわえて見てるだけって手はねぇぜ。二千両だぜ、二千両。お前ぇの本だって、じゃんじゃん出してもらえるんだぜ」

「盗人の上前をはねて本を出しちまったら、お天道さまの下をまともに歩けなくなるよ」

「世の中にあこぎな稼ぎをしている奴らはごまんといるが、みんな堂々とお天道さまの下を歩いてるぜ。お天道さまは、善人も悪人も平等に照らすのさ」

「うまいこと言ったつもりかい」

金魚は鋭く言って無念を睨む。

男連中はガキだ――。金魚は男たちの心の中を推当て苦々しく思った。

長右衛門は、憎からず思っている真葛の本を何とか出してやりたいと考えている。純粋にそう思っているのならば可愛げもあるが、そうじゃない。もし本気で本を出してやりたくても金が無いというのなら、家屋敷を売り払えばいい。そこまでやってもらえれば、真葛も大いに感謝するだろうし、長右衛門に気持ちが傾くかもしれない。

しかし、長右衛門は損を出したくないものだから、盗人の金をあてにしようとしている。そういう狡《こす》っ辛いところが己の欠点だと気づいてもいない。

無念は、単純に面白そうだから盗人の上前をはねようと思っている。面白い遊びをやって、大枚が懐に入るならやらない手はない――。戯作者のくせに、後先の筋書きも考えない大ばか野郎だ。

貫兵衛は池谷藩で御庭之者をしていたから、危ないことには慣れている。大した手間もかけずに二千両を手に入れられるならやってしまおうと、気楽に考えていやがる。

真葛は――。

まだ、微かな迷いは抱えているようだ。

このばかな計略を潰すなら、真葛から切り崩すしかないか――。

金魚が真葛を見た時、

「あのう……」

と縁先で遠慮がちな声がした。

全員の目がそちらに向く。

貫兵衛に雇われている又蔵が、申しわけなさそうな顔で立っていた。

「お取り込み中のところ……」

「おお、又蔵」貫兵衛は縁側に出た。

「常陸の甚五郎のねぐらは分かったか？」

「ああ、もう名前は割れてたんでござんすか――。甚五郎は浅草山谷町の高砂屋《たかさごや》って旅籠に泊まってやす」

「中村町からすぐだな」

「へい。旅籠の小女に訊いたところ、甚五郎の所には五、六人の男たちが入れ替わり立ち替わり出入りしているようで」

「仲間はそれ以上ってことだろうね」金魚が言った。

「そいつらのねぐらは分かってないんだろうね？」

「へい。もう少し時をいただけりゃあ調べ上げられやすが――。おそらく近辺の旅籠に散っておりやしょう」

「破寺で怪しい動きがあれば、野次馬たちが騒ぎ出す。そうなりゃあ甚五郎一味がすぐ駆けつけて来るよ。誰かに盗まれるくらいならってんで、自棄《やけ》になってあんたたちを皆殺しにして、一気に千住大橋を押し渡ろうとするだろうね」

金魚は真葛たちを見回す。

「怪しい動き──、誰かに盗まれるって──、まさか盗人の上前を？」又蔵は目を見開いて一同を見回す。

「どこかにお宝が隠されているんでござんすか？　あっ、もしかして、読売の破寺で？」

「そうだ。お前も手伝え。二千両のお宝だ」

貫兵衛の顔に嫌らしい笑みがにじみ出る。

「二千両！　そいつは豪勢だ」又蔵は離れの頭数を数える。

「おれを入れて六人。するってぇと、頭割りだと取り分は三百三十両──。おれは下っ端だからそんなにはもらえねぇとしても、百両を下ることはありやせんよね。吉原ならあっという間に無くなるが、岡場所ならしばらくの間は酒池肉林──」

又蔵はにやけた顔になる。

「ばかがもう一人加わったかい」金魚はしかめっ面をする。

「真葛さん。あんたが諦めりゃあ、こいつらも諦める。衆目の中、破寺から二千両を持ち出す手段なんか、こいつらは考えつかないんだからさ」

「へぇ。真葛さん、もう金を持ち出す手を考えてるのかい。そいつは頼もしいぜ」

無念が言う。

「当たり前じゃないか」金魚が言った。

「そこまで思いついてなきゃ真葛さんは盗賊の上前をはねようなんて考えるもんか」

真葛は黙ったまま金魚を見ている。

「ねぇ、真葛さん――」

「武家の女の暮らし、どれだけつまらぬものか、お前は知るまい」

真葛はぼそりと言った。

「真葛さん――」

「わたしは若い頃からそれに逆らうように生きてきた。父も夫もそれを許してくれたから、悪い人の世の旅ではなかった」そこで真葛はにやりと笑う。

「だが、横紙破りの一生の仕上げとして、盗賊の上前をはねるというのは、わたしらしいと思わぬか？」

「真葛さん――」

金魚は溜息と共に吐き出した。

真葛はそう思い込もうとしているのか、いいいいや、いいや――。

「真葛さん。あんた、本当はまだ迷ってるんだろ？」

「迷ってなどいないさ」真葛はさばさばと言う。

「この者たちの様子を見て迷いなど吹き飛んだ」

違う、違う。真葛さんはまだ迷っている――。

そう言いたかったが、金魚は口をつぐんだ。これ以上説得の言葉を重ねれば、真葛は意固地になってますます気持ちを曲げようとはしなくなるだろう。

「話は決まったな」長右衛門はにんまりとする。

「さて、後は金魚が仲間になるかどうかだ」

一同の目が金魚に集まる。

「盗賊の上前をはねる奴は盗賊の同類だ」金魚は立ち上がった。

「あたしは堕ちる所まで堕ちた女だが、盗人までした日にゃあ、せっかく這い上がった崖からまた落っこっちまう。そして、前よりもさらに暗い所に真っ逆さま――。そういうのは嫌なんだよ」

金魚はくるりと向きを変えて離れを出た。

庭を歩き去る金魚を見送って、長右衛門は無念に顔を向けた。

「堕ちる所まで堕ちた女って、ありゃあ、どういう意味だ？」

「さてね――」無念は知らないふりをして肩を竦め、真葛を見る。

「さぁ、二千両を手に入れる方法を教えてくんな」

六

金魚は、浅草福井町の長屋へ向かいながら必死に真葛たちを止める算段を考えた。

「ばれなきゃいいってもんじゃないんだ。盗みをした瞬間に、盗人になっちまうんだよ。そしてその事実はどんなに後悔しようと生涯消えやしないんだ――。人の気も知らないで、まるでこれから楽しい遊びをしようって子供みてぇに」

金魚は何度も舌打ちをした。

浜町堀に架かる汐見橋を渡った所で、金魚は足を止めた。

「そうか。やっぱり真葛さんは迷っていたんだ――」

そしてその場に立ち尽くして考え込む。

様々な案が頭の中で渦巻いて、一つの形を取った。

「よし。その手を使ってみるか」

金魚は考えついた案に肯き、今来た道を引き返した。


中村町の破寺の前には今日も屋台が出て、幽霊見物の野次馬がたくさん集まっていた。

すでに日は西に傾きかけていたが、野次馬は入れ替わりながら五十人を下ることはない。

そんな中、千住大橋に向かう街道を、一台の荷車が進んでいた。

いずれも野良着を着て、近隣の百姓のようないでたちである。老爺が一人、老女が一人。中年の僧侶が一人。そして、若者が二人。若者の一人は荷車を引き、もう一人が押し、残りはその周囲を囲んでいる。

荷車の上には酒樽と筵、荒縄、鍬や鋤などの農具が載せられていた。

老女が汚い手拭いの頬っ被りの下からちらりと野次馬たちを覗き見る。

真葛であった。荷車を引くのは又蔵。押しているのは無念である。

「ちょいとどいてくんな」

又蔵は言いながら野次馬の中に荷車を引き入れる。

「なんでぇ！　荷車なんか持ち込んで、なんのつもりでぇ！」

野次馬たちが文句を言う。

「ここの墓所に、遠縁の者の墓があることが分かりまして」真葛が手を合わせながら哀れっぽく言う。

「掘り出して本家の菩提寺に改葬するのでございます。ナンマンダブ、ナンマンダブ」

僧侶が手に持った鉦《かね》をちーんと叩き経らしきものを唱えた――。僧侶は貫兵衛であった。僧に化けるために急いで髪を剃ったらしく、あちこちに剃刀負けの血が滲んでいる。

「そうかい……。それは御苦労なこった……」

野次馬たちはばつが悪そうな顔をして道を開けた。

真葛ら一行は「ナンマンダブ、ナンマンダブ……」と唱えながら参道を進む。

境内にいた野次馬たちは、僧侶の姿を見るとこそこそと出ていった。

僧形の貫兵衛と、老百姓姿の長右衛門は本堂の前に立って、でたらめの経を唱え、中に入って戸を閉める。

真葛は無念、又蔵と共に裏手の墓地へ入った。

本堂の中からはでたらめの読経と鉦の音が聞こえ続けている。街道まではそこそこの距離があるので、野次馬たちの喧噪はここまで届かない。ということは、本堂の中で多少の音を立てても街道までは聞こえないということである。安心して仕事が進められそうであった。

「本当に掘るんですかい？」

又蔵は荷車を停めると、薄気味悪そうに訊いた。

「当たり前だろう」真葛は厳しい口調で言う。

「こういう時にはあくまでもそれらしく見せなきゃならないんだよ。二千両を酒樽に敷き詰め、その上に骨を載っけて、万が一中身を確かめられた時に備えるんだよ」

「罰が当たりやせんかね」

「二千両を猫ばばしようって奴が、罰が当たることを怖がってどうする。もうわたしらは地獄行きって決まっているんだよ」

真葛は荷車から鋤を取って、苔むした墓石の前を、雑草ごと掘り始める。

本堂の裏の壁が内側から壊されて、長右衛門が顔を出した。

「須弥壇の下に千両箱二つ、確かにあったぜ」

無念が本堂の裏に荷車を寄せる。

壁板が壊された所から、長右衛門が両手で掬った小判を、じゃらじゃらと酒樽の中に落とす。

「小判だぜ……」

呆けたようにそれを見ている又蔵の頭を、真葛の手が叩いた。

「さっさと墓を掘るんだよ！」

「へい」

又蔵は荷車から鍬を取ってきて、真葛の横で土を掘る。無念も駆けつけて穴を掘り下げる。

貫兵衛も経を唱えながら小判運びを手伝う。酒樽の中に黄金色の小判が溜まっていく。

真葛、無念、又蔵は汗だくになりながら土を掘っていたが――。

「おいっ！」

突然の声に驚いて振り返った。

墓地に五人の百姓が立っていた。

野良着を着た老爺が一人、中年と若い男が一人ずつ。そして若い女が一人。残り一人は子供であった。手拭いで頬っ被りをしているので人相は分からない。

真葛たちに声をかけたのは女だった。女はずいっと一歩前に出て手拭いを取った。

「なんでぇ。金魚じゃねぇか。手伝いに来たのか」

無念がほっとしたように言う。

「ばかなこと言うんじゃない」と中年男が手拭いを取る。短右衛門であった。

「止めに来たに決まっているじゃないか」

若い男と年寄、子供も手拭いを取った。

薬楽堂の番頭清之助と、その父親の六兵衛《ろくべえ》、小僧の竹吉《たけきち》であった。

清之助は用心のためであろうか、菰《こも》に包んだ木刀を四本携えていた。

短右衛門はその木刀の一本を抜き取る。

「力ずくでも連れて帰るよ、お父っつぁん」

大上段に構えるが、へっぴり腰である。

金魚と六兵衛も木刀を取り、残った一本を清之助が構えた。

「まずいぜ……」無念の顔が青ざめる。

「清之助が木刀を構えやがった」

清之助は町道場で剣術を習っていて、町人にしてはいい腕をしていた。しかし、まずいのはそのことではない。清之助はいったん木刀を振ると理性が吹き飛んで見境がなくなるのである。

その凄まじさを知っている長右衛門、貫兵衛はじりっと後ずさった。

「へっぽこどもが」真葛は鼻で笑って腰を落とし、両手を前に突き出して柔術の構えをとった。

「わたしに敵うと思っているのかい」

真葛の目がきらりと光る。

地を蹴ったかと思うと真葛は清之助の前に立っていた。

真葛のあまりの素早さに清之助は木刀を構えたまま身動きがとれなかった。

真葛は清之助の腕を掴み、ぐいと強く押した。清之助は慌てて押し返す。その力を利用し、真葛は清之助の腕を引く。清之助の体が前のめりになる。真葛は左脚を引きざま、右足を跳ね上げる。

清之助の体は宙で一回転し、雑草の中に叩きつけられた。

木刀は真葛の手の中にあった。

清之助が情けない顔をして立ち上がる。派手に投げ飛ばされたが、怪我はないようであった。

「さて」

真葛は木刀をぶんっと一度振ると青眼に構えた。

「最初に叩きのめされたいのはどいつだい？」

金魚は舌打ちして、

「清之助！」

と声をかけ、自分の木刀を放った。

清之助はそれを受け取る。見る見る表情が険しくなり、目が据わった。

「この糞婆ぁ！」

清之助が普段絶対に言わない言葉がその口から迸《ほとばし》り出た。

木刀を上段に構えると、裂帛の気合いと共に、真葛に打ち込む。

真葛はひらりと身をかわし、突っ込んできた清之助の背中に木刀を振り下ろす。

その時、

「怖い連中が来やすぜ！」

と叫びながら松吉が墓地に飛び込んできて、真葛は清之助の背を打つ寸前でぴたり
と木刀を止めた。

清之助は雄叫びを上げて体勢を立て直し、木刀を八相に構える。

「松吉！」金魚は松吉を睨んだ。

「早過ぎるよ！　合図をしてからって言ったじゃないか！」

「仕方ないじゃないですか！　旅籠に行って言伝を頼もうとしたら、甚五郎に取り次

がれちまったんですから。ちょうど仲間が五人ばかりいて、押っ取り刀で飛び出して来ちまったんですよ！」

街道の方が騒がしくなった。甚五郎一味が駆けつけたようであった。

「これでも連中より速く走って来たんですから、褒めておくんなさいよ！」

「金魚。お前、常陸の甚五郎に告げ口しやがったのか！」

真葛が、打ち込んできた清之助の木刀を受けながら怒鳴る。

「それだけじゃないよ――」

金魚がそう答えた時、人相の悪い町人六人が墓地に踏み込んで来た。

新しい敵が現れたというのに、清之助は歯をむき出して真葛と鍔迫《つばぜ》り合いをしている。

「なんだ、手前ぇらは！」

中年の男が一歩前に出て刀を抜いた。

貫兵衛と無念が男らに向きなおる。

「其奴《そやつ》が美濃屋藤兵衛――、いやさ、常陸の甚五郎だ」

貫兵衛が言う。

「あっ。手前ぇは読売屋だな！」

甚五郎は貫兵衛を睨みつけると、荷車に載せた酒樽にちらりと目をやる。

「ちくしょう。どうやって見つけた？」

「お前らの浅知恵などすぐに見破った」

清之助と鍔迫り合いをしながら真葛が言う。

「ほれ。お前の敵はあっちだ！」

真葛は渾身の力を込めて、清之助を盗賊たちの方へ押しやる。

清之助は数歩後ろによろめいたが、くるりと向きを変えると猛獣の叫びを上げて、甚五郎に打ちかかった。

「うわっ！」

甚五郎は脳天めがけて振り下ろされた木刀を刀で受けた。

がつっ！

鈍い音を立てて刃が木刀に食い込む。

清之助が叫び声を上げて木刀を横に振ると、甚五郎の手から柄がすっぽ抜けた。

清之助は、邪魔そうに木刀に食い込んだ刀を振り落とす。真葛が素早く駆け寄ってそれを拾い上げた。

「安物のナマクラだが、当たれば痛いぞ」

真葛はにっと笑って甚五郎に対峙する。

甚五郎は仲間五人の後ろに逃げる。

五人の盗賊は刀を抜きはなって清之助と真葛に斬りかかる。

その横合いから貫兵衛と又蔵が飛びかかって、二人を殴り倒し刀を奪った。

金魚と長右衛門、短右衛門、六兵衛は荷車から荒縄を取って倒れた二人に飛びかかり縛り上げる。

真葛と貫兵衛、又蔵は残った三人と切り結ぶ。

「金魚！」真葛が言う。

「さっき言いかけた『それだけじゃない』っていうのはなんだ？」

金魚は手を払いながら立ち上がる。

「この辺りは町奉行所の支配の外だし、破寺にしろ寺には違いない。ということで、松吉に寺社奉行所へ投げ文をさせたんだ。もうじき捕り方も押し寄せて来るよ」

捕り方が来ると聞いて、甚五郎はくるりと踵を返し、街道へ逃げようとした。

しかし、その行く手を数十人の野次馬が塞いだ。成り行きを覗き込んでいた野次馬たちは、なにが起こっているのかは分からなかったが、ともかく悪い奴が逃げ出そうとしているということで、通せんぼをしたのであった。

無念が甚五郎の背後に駆け寄る。

「逃がさねぇぞ、盗賊常陸の甚五郎！」

「盗賊かい！」

野次馬たちは、一瞬怯えた顔をしたが、

「相手は得物を持っちゃいねぇぞ！　数に任せてぶちのめしてやろうぜ！」

という誰かの叫びを聞き、勢い込んで甚五郎に飛びかかった。甚五郎は手足を振り回して反撃する。

無念は、乱闘の輪から出て木々の向こうの街道を見る。

大勢の捕り方が走って来た。

「おーい！」無念は金魚たちに叫ぶ。

「三十六計だ！」

「分かった」

真葛は敵の刃を刀で跳ね上げ、隙のできた相手の胴に峰を叩き込んだ。

貫兵衛と又蔵は素早く敵の後ろに回り込み、首筋を峰打ちする。

三人の盗賊は昏倒し、真葛と貫兵衛、又蔵は刀を捨てて墓地の裏の林に駆け込む。

金魚たちも走って来た無念と共に林に飛び込んだ。

七

破寺の林を飛び出すと、金魚は全速力で畦道を走った。松吉、竹吉が必死でそれを追う。

三人は、後ろも振り返らず息の続く限り駆けて、松が数本生えた小さな草地の上に転がるように倒れ込んだ。

どきんどきんと脈打つ心の臓の鼓動に合わせて全身が震えている感じであった。

見上げる、松の枝越しの、微かに夕方の色を帯び始めた空も揺れている。

口の中に金気臭い味がした。

「松吉、竹吉……。大丈夫かい？」

途切れ途切れに聞くと「へい……」という掠れた声が近くから二つ聞こえた。

「よっこらしょ」

追っ手が気になって、金魚は重い上体を起こす。

溜池の畔であった。周囲の田の伸びた稲は、まるで草原のように渡る風の形になびいている。

玉姫稲荷社の鎮守の杜が右手に見えた。

破寺の林は遠く離れている。捕り方の姿は見えないが、遠く近く、こちらを目指して走って来る人影があった。

八人――。真葛や無念たちの姿であった。

近くで体を休めることができそうな日陰は、金魚たちが座る草地だけである。

まず真葛が草地に辿り着き、金魚の横に座って乱れた息を整えた。続いて長右衛門、短右衛門の親子。そして六兵衛、清之助親子。貫兵衛――。だいぶ遅れて無念と又蔵が草地にへたり込んだ。全員が野良着なので、一休みをしている百姓たちにしか見えない。

「よくも邪魔してくれやがったな」

無念が片膝を立てた姿勢で金魚を睨んだ。

「へっ。よく言うよ」金魚は鼻で笑い、無念と又蔵を顎で差す。

「お前たち、そこで飛び跳ねてみな」

無念と又蔵は顔を見合わせる。

「早く飛び跳ねろって」

「てやんでぇ。こっちは走って来て疲れてるんだよ」

無念はそっぽを向く。

「そりゃあ、途中から引き返したんだから皆より疲れているだろうよ」

「引き返した？」

長右衛門が眉根を寄せた。

「無念、又蔵」真葛が立ち上がりながら言った。

「金魚に言われたように、飛び跳ねてみよ」

無念と又蔵は渋々立ち上がり、ぴょんぴょんと飛んだ。袂や懐の辺りでじゃらじゃらという金属音がした。

「あっ！」長右衛門が大口を開く。

「お前ぇら、引き返して捕り物のどさくさに紛れて金を盗んで来たか！」

「へへっ……」

無念と又蔵はばつの悪そうな顔をして頭を掻く。

真葛は二人に歩み寄って手を差し出した。

無念と又蔵は袂と懐から小判を出して真葛の掌に重ねた。往生際悪く何度か枚数を誤魔化そうとして真葛に叱られながら重ねた金は、五十両になった。

「まさかお前ぇらだけで使おうと思ってたわけじゃあるめぇな」

長右衛門が言う。

「それは奉行所へ届けなければなりませんよ」

短右衛門が言う。

「正直に奉行所に届ければ、なぜ甚五郎一味の二千両の一部を持っていたかまで話さなければならぬ」

真葛は掌の上の五十両を見ながら言った。

そして、金魚を振り返る。

「短右衛門や清之助とその父。そして、小僧二人まで仲間に引き入れて、お前はわたしたちを止めたわけだが――、なぜ離れにいるうちに五人と連れだって止めようとしなかった？」

「切羽詰まった状況を作らなきゃ諦めっこないって思ったからさ」金魚は答えた。

「こっちからも訊くけど、あたしをそのまま帰せば邪魔をすることは分かっていたはずだ。ところが無念や貫兵衛に捕らえることを命じることもなく、そのまま帰した。真葛さん。あんた、あたしに邪魔をして欲しかったんじゃないのかい？　やっぱり迷ってたんだろ？」

「さてね——」真葛は苦笑した。

「なぜお前を捕まえておかなかったのか、わたしにも分からないよ」

言って五十両を両手でじゃらじゃらと弄ぶ。左右に二十五両ずつが載った。

これがあれば、【独考《ひとりかんがえ》】を本にできる——。と真葛は考えた。

しかし、その思いは盗人の上前をはねる計略を考えついた時ほど強くはない。

罪を犯してでも本にしたかったのではないか？

そう思うと口元に苦笑が浮かんだ。

もうじき六十の婆ぁのくせに、頭に血が上り過ぎていたのだ——。

金魚の言うように、邪魔をして欲しかったのかもしれない。完璧に金魚の計略にはめられて、手元になにも残らなければすんなりと諦められたが、手元に五十両が残った。

未練はあるな——。

だが、これを使ってしまっては金魚の思いを無にしてしまう。

さりとて奉行所に届けるわけにもいかない。

では、未練を断ち切り、なかったことにしなければなるまいな——。

真葛はいきなり大きく右肩を下げると、ぶんっと大きく腕を振って二十五両の小判を溜池に向けて投げた。

「あっ!」

一同が叫ぶ。

小判は溜池の中程まで飛び、二十五の水柱と波紋を広げた。

「糞婆ぁ!　なにしやがるんでぇ!」

無念が真葛に飛びかかる。

真葛はさっと身を翻し、右足で無念の脚を払った。

「あっ!」

無念の体は大きな弧を描いて溜池へ飛んだ。逆さになった無念は恨みがましい目を真葛に向け、そのまま頭から池に落ちて大きな水柱を上げた。

真葛は残った二十五両を右手に移すと、もう一度大きく腕を振り、池に放った。

立ち上がった無念は濡れ鼠のまま、小判が描く幾筋もの放物線を見送った。

「欲しくば泳いで行って、拾って来ればよい。もっとも小判は池の底の泥深く沈んでしまったろうがな」

真葛が言って金魚を振り向く。

「両替商の北田屋が二千両奪われたのも、常陸の甚五郎が捕らえられたのも、悪行の報い。わたしたちの報いは甚五郎を捕らえさせたことで相殺されて、無駄骨を折っただけで済んだ――。そういうことであろうかな」

「あんたたちを止めたあたしらは、骨折り損の草臥《くたび》れ損だけどね」

「長右衛門らが捕らえられれば薬楽堂は潰れる。そうなれば、お前の戯作を出してくれる本屋はない。それを防いだのだから損はあるまい」

「あのまま金魚が邪魔しなきゃあ、二千両はそっくりこっちのものだったんだ」

無念は膨れっ面をして草地に上がり、びっしょりと濡れた野良着を脱いで水を絞った。

「一時《いっとき》いい夢を見たってことで諦めな」

金魚が言う。

「どう言い繕ったって、手に入るはずの二千両が泡と消えたことには変わりないぜ」

長右衛門がぶすっとした顔で言う。

「そのかわり、地獄行きは免れた――」真葛は言って玉姫稲荷社の方へ向かって歩き出す。

「そのうち善良な百姓が溜池の掻い掘りの時に小判を拾って天に感謝する。そういうオチでよいことにしよう」

「まぁそうするしかないだろうねぇ」

金魚は真葛に並んで歩く。

残りの男たちはのろのろと立ち上がり、二人の後に続いた。最後尾は、褌姿で湿った野良着を肩に掛けた無念であった。

まるで送葬の列のような十一人の頭上で、夏の空は夕焼けに染まっていった。

物寂しい蜩の声が一同を見送った。

拐《かどわ》かし　絆の煙草入れ

一

秋が深まっても、薬楽堂《やくらくどう》の一同の関係は、なんとなくぎくしゃくしていた。

盗人になりかけた、本能寺無念《ほんのうじむねん》、薬楽堂長右衛門《ちょうえもん》、北野《きたの》貫兵衛《かんべえ》、又蔵《またぞう》。

それを阻止した鉢野《はちの》金魚《きんとと》、薬楽堂短右衛門《たんえもん》、番頭の清之助《せいのすけ》と小僧の松吉《まつきち》、竹吉《たけきち》。隠居していて店には顔を出さないから頭数には入らないが、清之助の父六兵衛《ろくべえ》も金魚の一派であった。

その二派は挨拶をするにも世間話をするにも、なにやら薄紙を一枚挟んだような遠慮があり、店の中にはちょっとしたきっかけで険悪な雰囲気になってしまいそうな緊張感も漂っていた。

しかし、只野《ただの》真葛《まくず》は一人、以前と変わらぬ様子で二派とつき合っている。

騒ぎの張本人なのに——。

二派の者たちにはそういう苛々もあったが、真葛の鉄面皮を羨ましくも思った。

家々の板塀から覗く広葉樹の庭木は赤や黄に綺麗に色づいて、町に華やかな彩りを加えている。

その日金魚は、書き上げた【破寺奇談《やれでらきだん》　黄金《こがね》の幻】の草稿を持って通油町の薬楽堂へ向かっていた。速筆の金魚が、夏に起こった事件を元ネタにした話を書き上げるのに今までかかったのは、別の草稿の手直しに手間取っていたからであった。

汐見橋を渡っていると、元浜町の方から見知った男が歩いて来るのが見えた。

日本橋高砂町の帳屋、益屋《ますや》の若旦那、慎三郎《しんざぶろう》である。

「あら、若旦那」

金魚は小走りに橋を渡ると、慎三郎の前に立った。

「あっ……、金魚さま。これは……、とんだところでお会いいたしました……」

慎三郎は狼狽《うろた》えたように言った。頬が見る見る赤くなる。

「どうしたんだい？」

金魚は小首を傾げて慎三郎の顔を覗き込む。

「いえ……。これから浜町のさるお方のお屋敷へ行くのですが……」

「え？」

浜町は、浜町堀を挟んで益屋のある高砂町の向かい側。益屋からならば、高砂橋か小川橋を渡ればすぐで、汐見橋を渡るのはずっと遠回りなのである。

「いえ……。薬楽堂さんの前を通れば、金魚さまに会えるのではないかと……。その、本気でそう思ったわけではなく……」

慎三郎はしどろもどろである。

金魚に会えるかもしれないという妄想が現実になったことに驚いている――。そういうことのようだった。

そういえば、長屋の近くで見かけたこともあったねぇ――。

金魚は慎三郎の初《うぶ》さに微笑む。

「そうだ、金魚さま……」

慎三郎は、なにか思いついたようだったが、言い出し辛い様子でもじもじとした。

「なんだい？　言ってごらんよ」

金魚は優しく促す。

「はい……。前々から考えていたのですが……、もし叶うならば一席設けたいと……。その……、前にお酒をご馳走になったお礼をと……」

「なんだ。あたしともう一度酒を酌み交わしたいってんだね？　そんなことなら、なにも遠慮することないのに。今から〈ひょっとこ屋〉へ行くかい？」

「いえ……、今からはちょっと……。用を足さなければなりませんので……。お宅の近くがよろしかろうと思いますので、浅草に席を設けます。今夕七ツ半（午後五時頃）、浅草寺の雷門前で待ち合わせるのはいかがでしょう？」

と言う慎三郎は耳たぶまで真っ赤にしていた。

金魚はからころと下駄を鳴らして薬楽堂の暖簾を潜った。

土間には数人の客がいて、板敷に置いた棚の上の地本を眺めている。番頭の清之助が常連客の相手をして、主の短右衛門が少し強張ったような笑顔で帳場に座っている。短右衛門のすぐ側、奥への暖簾の横に、柱に背をもたせかけた無念が座って黄表紙を読んでいる。それが短右衛門の表情の原因であるようだった。

下駄の音に気づいたのか無念は顔を上げて金魚を見る。

「なにをにやにやしてやがるんでぇ」

不機嫌な口調である。

薬楽堂の者たちがもやもやした気持ちを抱えて暮らしているというのに、金魚ばかりが楽しそうに笑っているのが気に入らなかったようである。

「そこでご贔屓《ひいき》さんに会って、酒の席に誘われたのさ」

「いつものあいつかい。それとも――」

と言いかけて、無念は口を閉じる。『吉原にいた頃の贔屓かい』という言葉を途中で止めたのである。自分たちの目論見を邪魔した金魚に腹を立てながらも、二人の間で交わされた約束はきちんと守らなければならない――。そう考えてのことだった。

「いつものあいつだよ」

「その男、どこのどいつでぇ」無念が面白くなさそうに言う。

「名前ぇくれぇ教えろよ」

「言ったろう。お父っつぁんに叱られちゃ可哀想だから、明かすわけにはいかないんだよ」

金魚は通り土間へ歩を進める。

小屋の建つ庭に入ると、障子を開け放った離れに長右衛門と真葛の姿が見えた。

「待ちかねたよ金魚」真葛が言った。

「やっと【破寺奇談　黄金の幻】の草稿ができたっていうから来てやったよ」

「なにを恩着せがましく。誰も頼んじゃいないよ」

金魚は鼻に皺を寄せて沓脱石に下駄を脱ぐ。そして長右衛門の前に座り、風呂敷包みを解いた。

「読みたいんなら、素直にそう言やぁいいんだ」

金魚は真葛の方に顔を向けて舌を出した。

真葛は小首を傾げ、銀延煙管に煙草を詰めた。

「なにかいいことがあったのかい？　今日の顔には憎たらしさが足りない」

「余計なお世話だよ――。ご贔屓さんに酒に誘われたのさ」

金魚は少し得意げに言いながら、長右衛門に草稿を差し出す。

長右衛門はそれを受け取りながら眉をひそめる。

「あんまり深入りするんじゃねぇぞ」

「ただ酒を飲むだけだよ」

「相手は男だろう。お前は女だ。間違いが起きねぇとも限らねぇ」

「あれ。心配してくれるのかい」

金魚はにっこりとした。

「そんなんじゃねぇよ」

長右衛門は金魚から目を逸らして草稿を捲る。

金魚は、いつもならば『じゃあどんなんだい？』と問うところをぐっと我慢した。ずっと不機嫌だった長右衛門が、せっかく少しばかりこちらへの気遣いを見せてくれたのだ。下手に混ぜっ返してそれを台無しにしたくはなかった。

互いに自分が正しいと思っているから謝るつもりは毛頭ない。そういう関係を改善させるには、少しずつ探り探り歩み寄って行くしかない。

「だがな、金魚」言ったのは真葛である。

「自分が書いたものを面白がってくれる人物は、親しくなると得てして好き勝手を言ってくる」

「どういうことだい？」

「わたしは妹たちのために母の思い出に関する文をしたためたのだが、妹たちは『今度はあの時の話を読みたい』『次はあの話がいい』と、求めてきた。わたしの場合は母の思い出話であったからいいが、お前が書いているのは戯作だ」

「ああ――」金魚は肯いて盒《す》革《かわ》の煙草入れを出し、竹羅《たけら》宇《お》の女持煙管に煙草を詰めた。

「素人に『あんな話が読みたい』『こんな話が読みたい』と、色々と注文を出されるってんだね。それで適当にあしらって、言われた戯作を書かないと、『なぜ書かない』と逆恨みされるってことかい」

金魚の言葉に、長右衛門が顔を上げる。

「版元の都合で続巻が出ないと、『作者が怠けているって怒られる』とぼやいていた奴がいた」

「無念かい？」金魚はくすっと笑う。

「確か、話の途中で本が出なくなったのがあったね」

「話は悪くなかったが、売れ行きが悪かったんでな。読み手はこっちが商売をしているってことを考えもしねぇ。読み手が買ってくれりゃあ、続巻も出るのによぉ」

「心配してくれてありがとうよ。だけど、あたしのご贔屓さんは、そんなことを言い出すような人には見えないから大丈夫だよ」

「そうならいいんだけどね」

真葛は長右衛門の手から草稿を奪い取ると、文机に向かって朱の筆を取った。

「それじゃあ、校合《きょうごう》をよろしく」

金魚は言って立ち上がった。

二

夕七ツ半（午後五時頃）。空は濃藍色に暮れて、空気は急激に冷え込み、一番星が鋭い光を放っていた。

裾に流水と漂う紅葉の絵柄を配した着物に着替えた金魚が雷門に着くと、すでに慎三郎は待っていた。上品な縞の着物に、首筋には絹の襟巻きをしている。

「待たせたかい？」

金魚が訊くと、慎三郎は微笑みながら首を振った。

「わたしも今来たところです」

頬と耳たぶが赤いのは、寒さのせいだけではなさそうだった。

「それでは、こちらへ」

慎三郎は慌てたように目を逸らすと、先に立って大川橋の方へ歩き出す。橋を渡るのかと思ったら左の花川戸町に曲がった。そのまま真っ直ぐ北へ、今戸橋の方へ進む。

その二人を追う、人影があった。

物陰に潜み、時に通行人の背後に隠れ、十間（約一八メートル）ほどの距離を空けて尾行《つけ》ているのは、本能寺無念である。

金魚と慎三郎は、今戸橋の南詰め、浅草金竜山下瓦町の料理屋に入った。船宿も経営している一富士屋《いちふじや》という店であった。


無念は、何気ない顔をして店の前を通り過ぎ、今戸橋の手前で立ち止まり、柳の木に身を隠して一富士屋を見つめる。

まだ日の高いうちから金魚の長屋の近くに身を潜め、夕刻が迫って出てきた金魚を尾行て来たのである。

男の人相は確かめた。見知らぬ顔であったが、身なり、物腰からすれば大店の若旦那というのは嘘ではなさそうであった。

さて、どうしたものか——。

今から店に乗り込んで行って、『今、入《へ》ぇって行った二人組の、男の方は何者だい？』と訊けば、怪しい奴と警戒されるだろう。素直に答えてもらえるはずもない。

一気に空が暗くなり、星の数が増えていくと冷え込みも厳しくなった。

寒さの中、温かそうな料理屋の障子の明かりを見ていると、なんだかばからしくなってきた。

誰に頼まれた訳でもない。無念は金魚の〝ご贔屓さん〟の正体が知りたくて、ここまで金魚たちの後を追ってきたのだ。

〝ご贔屓さん〟の顔は確かめた。それなら帰ってもいいではないか。

そう思うのだが、胸のずっと奥の方に重苦しい痛みのようなものを感じる。

妬いてるのか――？

金魚と仲良く料理屋で酒を飲む男に？

それとも、そんなことをしてくれるご贔屓のいる金魚に？

どちらも当たりのような気がした。

「ふざけるんじゃねぇよ――」

無念は、地面にぺっと唾を吐くと、柳の木から離れた。懐手して、足早に一富士屋の前を駆け抜ける。

「おれはどっちにも妬いちゃいねぇよ」

独りごちて、すっかり暮れた道を引き返した。


金魚と慎三郎は二階の六畳間に通された。

向かい合って座ると、すぐに酒と、卵で腹が膨れた落ち鮎の塩焼き、蒟蒻《やまふぐ》の刺身、里芋の汁物などが載った膳が運ばれてきた。

金魚は膳を慎三郎の前に並べ、隣に席を移して銚釐《ちろり》を手に取り、しなだれかかるようにして差し出す。

「まぁお一つ」

「はい……」

慎三郎は震える手で朱塗りの杯を取った。

「そんなに堅くならなくたっていいよ。取って食おうってんじゃないんだから――。もしかして、取って食おうと思っているのは慎三郎さんの方だったりして」

「滅相もない！」

慎三郎は大きな声で言った。

はずみで杯の酒が少しこぼれる。金魚はさっと懐紙を取って慎三郎の手を拭いた。

「冗談でござんすよぉ。ほんに、初《うぶ》なお方だねぇ」金魚は笑って少し慎三郎との間隔を空けた。

「気を張ってちゃ美味しいお酒も不味《まず》くなるから、あとは手酌で参りましょうかね」

金魚は言って銚釐の酒を自分の杯に注ぐ。

しばらく慎三郎がなにか話し出すのを待っていたが、黙々と箸を動かし、杯を干すだけなので、金魚の方から口を開いた。

「お父っつぁんは、まだ戯作を読むことを許してはくださらないのかい？」

「はい……。無駄だと思って、わたしの方からその話題を持ち出すこともないので」

慎三郎は少しもじもじした後、思い切ったように金魚に顔を向けた。

間近で目が合い、慎三郎はかっと顔を赤くして目を伏せる。

「なにか言いかけたね？　言ってごらんよ」

金魚は少し間を詰める。肩と肩が微かに触れ合った。

慎三郎はびくりと体を震わせ、少し身を引いた。

「実は、お願いがございまして……」

「なんだい？　まさか――、奥の座敷に布団が敷いてあるとか。一組の布団に枕が二つ」

金魚はくすくすと笑った。

「滅相もない！」

慎三郎はもう一度言ってぶるぶると首を振った。

「なーんだ」金魚はちょっとだけがっかりしたが、もとよりからかっているだけで、そのつもりはない。

「それじゃあ、なんだい？」

「金魚さまに書いていただきたい話があるのでございます……」

「書いて欲しい話？　あんたが考えた話を戯作に書けってのかい？」

金魚は、昼間の真葛の話を思い出し眉をひそめた。

「はい。もちろん、稿料はお望み通りにお支払いいたします。わたしのためだけの戯作を書いていただきたいので……」

「つまり、読み手はお前さんだけってわけか」

「はい」

慎三郎は決然とした顔を金魚に向けた。

「そいつはきけない願いだね」

「どうしてでございます？」慎三郎は打ちひしがれた表情になる。

「初めてお話をした時に、金魚さまはどんな話が読みたいかと訊いてくださいました」

「ああ。そんなことがあったねえ。でもね、若旦那――」

金魚は答えを焦らすように煙草入れを取り出す。花鳥文の布で作った叺《かます》と煙管入れを銀鎖で継ぎ、緒締めは赤銅の紅葉である。抜き出した煙管は吸い口と雁首が銀、羅宇は使い込んで琥珀《こはく》色になった象牙であった。

金魚は煙草を吸いつけながら言う。

「あたしが戯作を書く第一の理由は、大勢の人に読んでもらいたいからさ。たった一人のために書くつもりはないよ」

「金魚さまは、速筆とお聞きしました。それならば、お仕事の合間にでも――」

「聞いてなかったかい？　あたしは大勢の人に読んでもらいたくて戯作を書いてるんだ。あたしの書く一字一句に、例外はないんだよ」

「左様でございますか――」

慎三郎は落胆の吐息を漏らして、あっさりと引き下がった。膝の上で拳を握り、

「分かりました。わたしが悪うございました。お許しくださいませ」

と小さな声で言った。

「許すとか、許さないとかって話じゃないよ。まぁ、お前さんにそこまで気に入られているってのは、とても嬉しいよ」

金魚は慎三郎の空いた杯に酒を注ぐ。

「はい……」

口元に弱々しい笑みが浮かんだ。

「どんな話が読みたかったんだい？」

「はい……。わたしが登場する推当物を」

慎三郎は恥ずかしそうに言った。

「自分で書いてみちゃあどうだい？」

「とんでもない。わたしには文才がございません」

「他人《ひと》さまに読ませるんなら別だが、自分だけが読むんなら、文才がなくたって大丈夫さ」

「しかし、戯作の書き方を存じません」

「うーん。序破急《じょはきゅう》って知っているかい？」

「はい。能を少々齧っておりますから。序は舞い始めの部分で無拍子。破は真ん中で緩やかな拍子。急は最後の締めで、急速な拍子になります」

「まぁ、それもあるんだが、浄瑠璃の脚本なんてのも序破急で書かれてるてさ。導入部と展開部と終結部っていう三つの区分が序急破に当てはまる。最初に出来事があり、それが展開して、最後に一件落着。もう少し複雑にすると、漢詩の起承転合《きしょうてんごう》ってのがある」

起承転合とは、現代では起承転結として知られる文章の構成である。

「起で出来事があり、承で展開し、転で変化があって、合で締めくくるんだ。戯作もそういうふうに書けばいいんだよ。慣れてくれれば、それを崩すこともできる」

「はぁ……」

慎三郎は困ったような笑いを浮かべる。

「なんなら手ほどきしてもいいよ。書き上げたら、あたしんとこに持ってくればいい。校合《きょうごう》したげるよ」

「はい……。今までやったことのないことでございますから、なかなか決心がつきません。もう少し、戯作についてお聞きしとうございます」

慎三郎は言うと、手を叩いて店の者を呼んだ。顔を出した小女に、

「銚釐《ちろり》を五つ六つ持って来ておくれ」

と言った。

「そんなに飲むのかい？」

金魚は目を丸くする。

「わたしは蟒蛇《うわばみ》でございまして」

小女は「かしこまりました」と言って引っ込み、すぐに六つの銚釐を載せた盆を持

って現れた。

「今夜はとことん飲みながら、戯作を学びます」

小女が下がると、慎三郎は銚釐に手を伸ばした。金魚はそれを止める手つきをして、

「よし。それじゃあちょいと待っていておくれ。あたしも気合いを入れなきゃならないから、手水《ちょうず》を借りて来るよ」

と立ち上がった。

金魚が座敷を出て、足音が遠ざかると、

「わたしは、金魚さまの戯作が読みたいのでございますよ……」

慎三郎は絞り出すような声で呟くと、懐から畳んだ手拭いを取り出す。それを開くと薬包紙が現れた。

慎三郎の目から表情が消えた。

虚ろな目で薬包紙を見つめ、ゆっくりと開く。紙の中には耳掻き三杯分くらいの白い粉が入っていた。

慎三郎はそれを新しい銚釐の中にさらさらと落とす。そして銚釐の鉉《つる》を持ち、ゆっくりと振って粉を酒に溶かし込む。

背筋を伸ばしたまま、執拗に銚釐を振っていた慎三郎だったが、廊下に金魚の足音が聞こえてくると、顔をしかめたり緩めたりして微笑の表情を作った。

金魚が「お待たせしたね」と言いながら戻って座ると、慎三郎は笑みを向けながら

薬入りの銚釐を差し出す。

「出した分をすぐに補充かい」

金魚は杯に注がれた酒を一気に干す。

「駆けつけ三杯」

慎三郎は銚釐を差し出す。

「おっ。だいぶ柔らかくなってきたね」

金魚はにっこりと笑い、二杯目の酒を受ける。

「酒の効用でございます」

慎三郎は三杯目の酒を金魚の杯に注いだ。

「戯作のネタはどこで仕入れるんでございますか？」

慎三郎が訊く。

「実を言うと、あたしの場合は実際に起こった出来事を脚色して書いているんだよ」

「へぇ。そうなんでございますか」

「それ以外にも、色々とネタは降ってくるんだけどね」

「降ってくるというのは、よく訊きますが、神仏の力かなにかで？」

「違うね」金魚は数杯目の酒を杯に受けながら首を振る。

「戯作者が、ネタは降ってくるって言いやがるのは、その出来事を言葉にできないだけなのさ」

金魚の呂律《ろれつ》が怪しくなってきた。

慎三郎はさらに酒を勧めながら訊く。

「言葉を操る戯作者が言葉にできないとは……。やはり、神仏の力なのでは？」

金魚は、

「違う違う――」

と手を振る仕草もぐだぐだになってきた。

「降ってくるって言う戯作者らは、己の心の中をちゃんと見ていない。つまり、修業が足りねぇのさ」

「すると、金魚さまにはご自身のお心の中がよく見えていると？」

「当たり前ぇだよ……。ネタは降ってくるんじゃなくて、降らせる素地を作るのが大切なんだよ……。そのためにはまず……」

金魚の手から空の杯が落ちた。

座ったまま首をがくっと前に落として、金魚は眠りに落ちた。

慎三郎は金魚をそっと畳の上に横たえる。

「あなたが悪いのでございますよ。一言、書いてやると仰せられればよかったのです」

慎三郎は悲しそうな目をして、軽い鼾をかく金魚を見た。

そして、薬の入っていない銚釐の酒を、次々に干していく。蟒蛇と言ったのはどうやら本当のようであった。

「続きは別の場所で聞かせてもらいますよ」

囁くように言うと、手を叩いて小女を呼んだ。

障子を開けた小女は、畳の上で寝ている金魚を見て「あれまぁ」と言った。

「わたしは蟒蛇だが、この人は酒に弱くてね」

「あの……。隣の座敷が空いておりますので、お布団を用意いたしましょうか？」

小女は下品な笑みを浮かべた。

「そんなつもりはないよ」

慎三郎は怒った顔を小女に向ける。

「失礼いたしました……」

「舟を用意しておくれ。お宅までちゃんと送り届けるから」

「かしこまりました」

小女はそそくさと座敷の前を離れた。

三

翌日の昼過ぎ。本能寺無念は浅草福井町の金魚の長屋の前にいた。

いつもならば昼頃までに薬楽堂に顔を出す金魚が、今日は現れなかった。金魚が薬楽堂を訪れない日もあるのだが、昨日の今日である。無念は気になって長屋を訪ねてみたのである。

「おい、金魚。もうお天道さまは真上を過ぎたぜ」

無念は腰高障子を叩く。

その声を聞いて、狭い路地を挟んだ向かい側の部屋の障子が開いて、中年女が顔を出した。

「金魚さんは留守だよ」

無念は振り返って訊く。

「どこかに出かけたのか？」

「いいや」女はにやりと笑う。

「昨夜《ゆんべ》から帰ってないよ」

「昨夜から……」無念の胸に嫌な予感が暗雲のように広がった。

「そうかい……。ありがとうよ」

そう言うと、無念は路地を駆け出した。

無念は、浅草金竜山下瓦町まで一気に走ると、一富士屋に飛び込んだ。

血相を変えて土間に駆け込んだ無念を見て、番頭が慌てて出てきた。

「いかがなさいましたか？」

板敷に膝を折って訊く。

「昨夜、若旦那風の男と、小粋な女の客があったはずだ」

無念は両膝に手を置き、荒い息をしながら言った。

「お客さまのお話はできかねます」

番頭は愛想笑いをして頭を下げた。

「まだいるのか、もう帰ったのかだけ教えてくれりゃあいい」

「左様でございますか……。昨夜のうちにお帰りになりましたが」

「そうかい」無念は番頭の襟を摑み、ぐいっと引き寄せた。

「拐《かどわ》かしに加担したって訴えられたくなきゃあ、正直に言いな」

「拐かし……」

番頭の顔が青ざめる。

「そうだ。昨夜帰ったっていう女の客、まだ家に戻っちゃいねぇんだ。お前ぇが正直に話さなきゃ、奉行所にお恐れながら、金竜山下瓦町の一富士屋は、拐かしに手を貸したって訴え出るって言ってるんだよ！」

無念の怒声に、番頭はその口を掌で塞ぐ。

「お静かに……。承知いたしました。まずは、こちらに……」

番頭は先に立って二階への階段を上がる。そして、無念を昨夜、金魚と慎三郎が使った部屋に招き入れた。

「昨夜のお二人連れは、この座敷をお使いでした」

無念は座敷をぐるりと見回すと真ん中にどっかとあぐらをかいた。そして自分の前を指し、番頭を座らせる。

「全部話してみな」

「わたしよりも、この部屋の当番だった小女を連れて参りましょう」

番頭が腰を浮かすのを、無念は止めた。

「逃げ出そうってのかい」

「いえ。そんなつもりは……」

番頭は手を鳴らして「まつはいないかい？」と奥へ声をかける。

「はーい。ただいま」と声がして、階段を上がって来る音が聞こえた。

「お呼びでございましょうか」

と小女が廊下に膝を折った。

「こちらが、昨夜のお客さまのお話を聞きたいと仰せだ」

「はい――」とまつは番頭を見る。『正直に話してよろしいのでしょうか？』と顔に書いてある。

「聞かれたことにはなんでも素直にお答えするように」

番頭は言った。

「まつ――」無念は正面に座った小女に顔を向ける。

「この座敷の客は何刻頃《なんどき》帰《け》ぇった？」

「五ツ（午後八時頃）だったかと思います」

「その時の、二人の様子は？」

「女のお客さまは酔いつぶれていらっしゃって」

「金魚が酔ってたって？」無念は目を剥く。

「あいつは蟒蛇だぜ」

「いいえ。嘘ではございません。男のお客さまは、ご自分は蟒蛇だと仰っていましたが、女のお客さまは酒に弱いと——。その通り、男のお客さまはしっかりして御座《おわ》しましたが、女のお客さまはすっかり泥酔して、前後不覚でございましたよ。それで、男のお客さまとうちの男衆に抱えられながら舟に乗りました」

「前後不覚で舟に乗せられた——。どこに行くと言っていた？」

「女のお客さまのお住まいまで送ると」

金魚の住まいは浅草福井町。大川に出て神田川に入り、左衛門河岸で舟を降りればすぐである。しかし、金魚は長屋に戻っていない。

「船頭を呼んでくれ」

無念が言うとまつは「はい」と答えて階下に走った。そしてすぐに初老の船頭を連れて戻って来た。

船頭は廊下に座ると、無念に頭を下げた。

「昨夜の客をどこで降ろした？　左衛門河岸か？」

「いいえ。方向が違いやす。千住大橋の下をくぐって、下尾久村の辺りで降ろしやした」

「それこそ方向違いだぜ……。で、降りた客はどうした？」

「あっしがお手伝いして、女のお客を男のお客の背に乗せやした」

「男は女を負ぶったんだな。それで、どこへ行った？」

「提灯の明かりはすぐに土手の向こうに消えやしたから、どこへ行ったのかは分かりやせん」

「負ぶって歩いたんなら、遠くまでは行くめぇな……。それで、その客は名乗ったかい？」

無念は番頭とまつ、船頭の顔を見回す。

「座敷は日本橋本石町の糸問屋、松田屋《まつだや》さまでご予約を承りました」

番頭が答えた。

「日本橋の松田屋――」

どうせ偽名であろうと無念は思った。

日本橋の松田屋と名乗る男に誘い出された金魚は、酒か料理に眠り薬を混ぜられて、眠らされた。そして、舟で下尾久村まで連れて行かれた――。

「金魚のご贔屓さんはなにをするつもりだ……」

無念は唇を噛む。

「あの――。奉行所へ届けた方が――」

番頭が言う。

「いや。それは駄目だ」無念は首を振る。

「日本橋の松田屋と名乗った男がどういうつもりで拐かしをしたのか分からねぇうちに奉行所が動けば、かえって厄介なことになりかねねぇ」

「ああ……」まつが肯いた。

「拐かしが身代金を出すように言って来るかもしれませんからね。その前に騒ぎが大きくなると、女のお客さまの命が危ないということでございますね」

「そういうこった。少しの間、知らねぇふりをしていてもらいてぇ」

「それは構いませんが……」

番頭は顔を曇らせる。

厄介事は早々に奉行所に任せてしまいたい――。そう思っている様子であった。

「拐かしの舞台にされちまったことは気の毒だが、女の命がかかってる。面倒を恐れて奉行所に届けたために、女が殺されでもしたら、取り返しのつかねぇことになるんだ。一富士屋は、夢見が悪いだけじゃ済まねぇことになるぜ」

無念は、万が一のことがあれば一富士屋も只では済まないと、暗に番頭を脅す。

「はい……。承知いたしました……」

番頭は表情を強張らせて頭を下げた。

「店の連中にもよく言い聞かせておきな」

言って腰を浮かせかけた無念は、一富士屋の誰かに言いつけて薬楽堂に文を届けさせ、自分は下尾久村へ走ろうと思いついた。

「硯と紙を用意してくれ」

無念は座り直した。

四

一富士屋の小僧が薬楽堂の長右衛門に無念の文を届けたのは八ツ半（午後三時頃）。その時離れには真葛もいた。

「――金魚が拐かされた」

長右衛門は唸って、後ろから文を覗き込んでいた真葛を見た。

「しかし、なんで無念は金魚が一富士屋に行ったことを知ってたんだ？」

「焼き餅を焼いて尾行《つけ》たに決まっているではないか」

真葛は言った。

「下尾久村へ行って来る」

長右衛門が立ち上がる。

「待て待て」真葛は長右衛門の袖を引っ張って座らせる。

「今から行っても日が暮れる。あてどもなく暗い田圃の中をほっつき歩いても時を無駄にするばかりだ——。誰か下尾久村に土地勘がある者はいるか?」

「又蔵はあちこちの地理に明るい」

「ならば、又蔵だけを走らせよ。そして、近辺の大店の寮の場所を調べたら、無念と一緒に戻って来るように伝えよ」

「大店の寮?」長右衛門は片眉を上げる。

「日本橋本石町の松田屋ってのは、無念が書いてるように出鱈目だぜ」

「金魚がご贔屓さんと出会ったのは、今年の春。もし最初から拐かそうと思っていたのなら、その時も偽名を使ったろうが、それならば今まで待つものか。出会ってから一月もたたずに拐かしを実行しておろう。だとすれば、昨日一富士屋で名乗った日本橋の松田屋というのが偽名であったとしても、ご贔屓さんが金魚に最初に名乗った名は本物。どこかの大店の若旦那という話も本当だ」

「なるほど。下尾久村の近く、根岸、谷中、日暮里の辺りには大店の寮が幾つもある。ご贔屓さんがこっそり戯作を読んでいるっていう寮に金魚を連れ去ったっていう推当かい」

「そうだ」

「よし」

長右衛門は文机に向かって筆を取った。真葛が又蔵への指示を言い、長右衛門がそれを書き留める。

文が出来上がると長右衛門は竹吉を呼んで預けた。

金魚は強い尿意を感じて目を開けた。

布団の中であった。煤けた天井が見えた。

見覚えのない天井。そして、布団はしっかりと綿の入った上物である。

記憶が蘇る。

慎三郎と酒を飲んでいるうちに、急に眠くなった――。その後の記憶は途切れ途切れ。舟に乗っていたことと、慎三郎に負ぶわれていたことだけ断片的に覚えている。

慎三郎の奴、酒になにか混ぜやがったな――。

金魚は身を起こした。寝間着に着替えさせられている。着物は枕元に畳んで置かれていた。

八畳間の座敷である。三方は板壁。目の前には太さ五寸（約一五センチ）ほどの材木を組み合わせた格子があった。材木に囲まれた四角い空間は八寸（約二四センチ）四方くらいであろうか。小さい子供ならば抜けられそうだが――。金魚では頭は通っても肩がつかえて、すり抜けるのは無理そうである。

座敷牢かい——。

金魚は小さく舌打ちした。

牢の中には格子の側に文机が置かれ、隅に屏風《びょうぶ》で区切った一角があった。

格子の向こうに燭台が二本立ち、その間に慎三郎が座っていた。

「お目覚めでございますか」

慎三郎は微笑みながら言う。

金魚は辺りを見回した。

慎三郎が座っているのも八畳間ほどの座敷で、後ろは襖であった。どうやら十六畳の座敷を格子で半分に仕切って作られた座敷牢であるようだった。窓はない。出入り口は慎三郎の後ろの襖だけのようである。

「色々訊きたいことはあるけど——」金魚は静かに言った。

「まずは、手水を使いたいから、出してくれないかい」

「お手水ならば、屏風の奥にございます」

「至れり尽くせりだね」

金魚は鼻で笑うと立ち上がる。足がふらついたが、なんとか堪えて屏風の奥に入った。

畳一畳の真ん中に四角い穴が空いていた。外からの風が吹き上げてこないところをみると、真っ直ぐ深く地面を掘り下げた穴であるらしい。便壺に入り込み、汲み取り口に出て脱出することを考えたのだが、それはできないようである。床板から地面まで板を張っているから、床下にもぐり込んで逃げることもできない。

「御台所さまの厠と同じかい。恐れ多いこった」

大奥の御台所の厠は〈万年〉と呼ばれ、汲み取り式ではなく深さ十尋（約一八メートル）の竪穴を掘ったものであった。

金魚はしゃがみ込んで用を足す。

「あんたが寝間着に着替えさせてくれたのかい？」

金魚は屏風の裏から訊く。

「この家は、わたしの言うことをなんでも聞いてくれる老夫婦に任せております。その媼《おうな》に着替えを頼みましたのでご心配なく」

慎三郎の言葉に、金魚はそっと局部に触れて確かめたが、陵辱された痕跡はなかった。

「それで、あたしにここで戯作を書けってのかい？」

金魚は屏風の裏から出て、文机の前に座る。机上には立派な硯と墨、水差、筆、上等な紙の束、水晶の文鎮が置かれていた。

「左様でございます。そこでわたしのためだけの戯作を書いていただきます」

慎三郎の声は落ち着いていた。蝋燭が無表情な顔に陰影の揺らめきを作り出し、笑っているかのように見えた。

「書き上げたらどうするつもりだい？」

「一作書き終えるまでには、次に読みたいものが出て参りましょう」

「つまり、お前さんがネタを思いつく限り、ずっとあたしをここに閉じ込めて、書かせ続けるってんだね」

金魚は溜息をついた。諦めたかのような口調であったが、頭の中では必死にここからの脱出方法を考えていた。

「左様でございます」

「お前さんがネタ切れしたら？」

「そういうことにはならないと存じますが――。わたしのネタが尽きるのは、金魚さまの戯作に飽きた時か、わたしがすっかり満足してしまった時でございましょう。その時にはお帰りいただくことにいたしましょう」

慎三郎の言葉に、金魚は驚く。

「あたしを解き放つってのかい？　あたしが外に出て、奉行所にお恐れながらと訴え出れば、あんたは捕まる。拐かしは死罪だよ」

ということはつまり、あたしを解き放つってのは出任せかい――。

いや、慎三郎がいかれた野郎なら、本気なのかもしれない。

今、格子の向こう側に座っている慎三郎は、見るからにいかれた野郎の顔をしてるじゃないか――。

「もし、ここが捕り方に囲まれたならば、金魚さまの草稿もろとも寮に火をかけて、わたしもその炎の中で果てる覚悟――。しかし、金魚さまはせっかく書いた草稿が、日の目を見ることなく灰になるのは、悔しゅうございましょう？　ですから、お帰りになられたならば、年に一作ずつ草稿をお返しいたしましょう。それで、金魚さまの『大勢の人に読んでもらいたい』という望みも叶えられますし、わたしも命を捨てずに済みます」

「心遣い、痛み入るね」

金魚は苦笑する。やっぱり、いかれた野郎だった――。

細かく考えているようで、慎三郎の案には幾つもの穴があった。とりあえず、諦めたように見せかけてその穴を突いてこちらの有利な状況に持ち込もう――。そう金魚は考えた。

「それじゃあ、こうしないかい。今からあたしが薬楽堂に文を書く」

「ここがどこなのか分かっておいでで？」

慎三郎は薄笑いを浮かべた。

「お前さん、言ってたじゃないか。お父っつぁんがうるさいから寮に閉じ籠もって戯作を読んでるって。おそらくその寮だろう？」

「寮のお話はいたしましたが、その場所はお知らせしておりません。文になんと書くおつもりで？」

「違う違う。薬楽堂に居場所を伝えようってんじゃないよ。あたしは見聞を広めようと旅に出たから心配するなって文を書こうってんだ。戯作は旅先で書き送るからってね。あんたが一作目を読み終え、あたしが二作目を書き上げたら、一作目を薬楽堂へ送る。そうしてもらえりゃあ、いつ日の目を見るか分からずに草稿を書くよりずっといい」

「なるほど――。しかしそれでは、わたしのためだけの戯作にはなりません。わたしが金魚さまの戯作に飽きるか、満足するか、それまで待っていただきましょう。本にするのはその後でございます。ということで、今のご提案は受けるわけには参りません」

「そうかい。仕方がないね」

金魚は溜息をついて、青磁の水差しから硯に水を注ぐ。

「あたしが言う通りの話を書かなかったら？」

金魚は慎三郎に目を向ける。

慎三郎はくすくすと笑った。

「逆にお訊きいたしましょう。金魚さまは、何日筆を取らずにいられれましょう？　毎日毎日戯作を書き続け、書くことが身に染みついておられましょう？」

「へっ。二日書かなけりゃあ、体がむずむずするね。だけどさ、あたしがあんたの言う通りの物語を書くかどうか分からないよ」

金魚は墨を擦り始めた。

「わたしの望んだ戯作ではなくとも、金魚さまの書いたものならば、我慢いたしましょう。根比べでございます。いつの日か、わたしが望むものを書いてくださると信じてお待ちいたしますよ」

慎三郎の言葉に、金魚は墨を擦る速度を上げる。

「そういうことならさっさと書いちまって、お前さんに飽きてもらう方がいいね」

今日明日には薬楽堂の誰かが、あたしが姿を見せないことを訝しんで動き出す。

真葛ならば、すぐにここを探り当てるだろう。

気をつけなければならないのは、慎三郎が癇癪を起こして家に火をつけてしまうこと――。座敷牢に閉じ込められていちゃあ、逃げることもできずに黒こげになっちまう。

「で、どんな話がお望みだい？　あんたが登場する推当物ってことだったが、筋は決めているのかい？」

金魚は紙を手元に置き、水晶の文鎮で押さえて筆を取った。

「滅相もない。わたしが考えた筋など、面白くはございません」慎三郎は言う。

「金魚さまの戯作の女主人公、椎葉《しいば》は金魚さまご自身でございましょう？」

「まぁそんなところだね」

金魚は筆に墨を染み込ませる。

「その椎葉にくっついて歩いて、推当の手伝いをする役で出していただければそれでよろしゅうございます」

「なんだい。主人公じゃなくっていいのかい？」

意外に思って金魚は慎三郎に目を向けた。

「そういう器ではございません」

慎三郎は恥ずかしそうに言った。

「名前はどうする？　慎三郎でいいのかい？」

「はい――。後々、本として刊行される時には名前を変えて欲しゅうございますが」

「それじゃあ、筋はこっちにお任せだね」

「はい」

「よし。それじゃあ書き始めるから、燭台を側に持って来ておくれ」

金魚は紙に筆を走らせる。

慎三郎は格子の外、金魚が手を伸ばしても届かない位置に燭台を置いた。

五

日が西の山陰に隠れた。

空は茜色。一面の田圃に農家が点在している。その景色は褐色に沈んでいた。

又蔵は田圃の中の道をとぼとぼ歩く人影を見つけた。背格好で無念だと分かった。不規則な畦道を最短で無念の元に辿り着く道筋を見分け、又蔵は走った。

無念も又蔵を見つけたようで、立ち止まった。

「又蔵。助っ人に来てくれたか」

駆け寄った又蔵に、無念は疲れ切った声をかけた。

「大旦那から文が来やして。真葛さんの指図が書かれてやした」

「そうかい。こっちは若い女を負ぶった男を見なかったかって探し回ったが――。なにせ夜中のことだ。誰も見た者はいねぇ」

「それは、お疲れさまでござんした」又蔵は気の毒そうに無念を見る。

「あっしはこの辺りの大店の寮を調べてみやした」

「大店の寮？」

怪訝に言った無念の顔に、見る見る理解の色が浮かぶ。

「ああ、そうか。そういえば金魚のご贔屓さんは、寮で本を読みふけっているって話だったな――。すっかり忘れていたぜ」

「無理もありやせんや。金魚さんが拐かされたんだ。頭の中がこんがらかっておいでなんでしょう」

「で、なにか分かったか？」

「金魚さんを負ぶって寮まで行くとすりゃあ、そんなに遠くまでは行けねぇ。そこで真葛さんからは五町（約五四五メートル）四方を探れって指示でござんしたが、半里（約二キロ）四方まで探ってみやした。五町四方には六軒。半里四方には十五軒の寮がありやした」

「十五軒の持ち主は？」

「全部書き留めてござんす」

又蔵は懐から留書帖を出して無念に渡す。

無念はぺらぺらと紙を捲って持ち主の大店の名を確かめた。いずれも名の通った店であったが、どれがご贔屓さんの家なのかは分からなかった。

「怪しい寮はあったか？」

「さりげなく聞き込みをしやしたが、とりたてて怪しいところはござんせんでした」

「そうか――。薬楽堂の方はどうだ？　身代金を求める文かなにか届いたか？」

「あっしに届いた文にはそういうことは書かれておりやせんでした」

「お前ぇに文を出した後で来たかもしれねぇな」

「左様でござんすね。真葛さんからは、無念さんもいったん薬楽堂へ戻れと言われておりやすから、帰りやしょう」

「うむ……」

と言いながら無念は暮れゆく田園の景色を見回す。このどこかに金魚が閉じ込められているかと思うと、立ち去りがたかった。

「これから寮を尋ねて回るにも、口実がございません。田圃の中で夜明かししても風邪をひくだけでござんす。まずは、真葛さんの指示に従いやしょう」

又蔵が言う。

「そうだな……」

無念は不承不承肯いた。


無念と又蔵が薬楽堂に戻ったのは、日がとっぷりと暮れてからであった。

離れでは長右衛門と真葛、そして細面で背の高い若い男が待っていた。

「あっ。夕月《ゆうげつ》さん」無念は驚いて座敷に座った。

「なんであんたがいるんでぇ？」

夕月――。東雲《しののめ》夕月は地本屋〈白澤屋天下堂《しらさわやてんかどう》〉に雇われている絵師である。吉原伏見町の妓楼《ぎろう》〈松本屋《まつもとや》〉で夕月が神隠しにあうという事件があり、金魚がそれを解決した縁があった。

「お前が見たご贔屓さんの似顔を描いてもらおうと思ってな」

真葛が答えた。

「金魚さんが大変なことになっているって知らせが参りまして」夕月は真剣な顔で無念を見た。

「わたしでお力になれるのならと駆けつけました」

「そういうことかい――。ありがてぇ」

無念は頭を下げた。

「さて、夕月。さっそく描いてもらおうか」

真葛が促すと、夕月は肯いて文机を無念と自分の間に置いた。長兵衛が文机の両側に燭台を置く。

「まずは顔の形を」

夕月は筆を持って紙に向き合う。

「横から見ただけだから自信はねぇがたぶん瓜実顔だ。眉は薄く、目蓋は腫れぼったい一重。鼻梁は細い――」

無念が言う通りに夕月は筆を動かした。時々細かい注文を入れると、夕月は紙を替えて新たに描き直す。そのたびに、似顔絵は無念の記憶に近づいていった。

「よく覚えてたな」

長右衛門は無念の記憶力に感心した。

「おれも後から絵師に頼んで似顔を描いてもらおうと思ってたからさ。それを持って日本橋辺りを回り、ご贔屓さんの身元を確かめようと思ってた」

「焼き餅もそこまで行くと恐ろしゅうござんすね」

又蔵がにやにやと笑う。

「てやんでぇ。金魚がたびたびご贔屓さんと出会うのは決して偶然じゃねぇ。こいつは金魚を待ち伏せているんだって気づいたからだ。こんなことならもっと早くに正体を確かめておくんだったぜ」

「ご贔屓さんが金魚を飲みに誘わなければ、お前はご贔屓さんの顔を見ることもなかった」真葛が言う。

「なんにしろ、後手に回ることになったのだ。速やかに挽回しなければならぬ」

「そういうこったな……」

無念がそう言った時、夕月が似顔絵を持ち上げた。

「このようなものでいかがでしょうか？」

絵はご贔屓さんによく似ていた。

ちなみに、時代劇などでは事件の被疑者を知らせる人相書に似顔絵が描かれているが、当時の人相書は人相風体を文章で箇条書きにしたものであった。

現代ではCGによるリアルな犯人像を制作することも可能であるが、かえって見る者に固定観念を与えて被疑者逮捕の妨げになることもあるという。錦絵の大首絵などは人物の特徴を誇張して描かれる。夕月の描いたご贔屓さんの絵もその技法で描かれていたから、無念が見た人物の顔の特徴が上手く表現されていた。

「さすが絵師だな。見事なもんだ。よく似てるぜ」

無念は何度も肯いた。

「夕月。これを五枚ほど写しておくれ」

　真葛が言った。

「そのくれぇの枚数なら、版木に彫るより写す方が速ぇな――」長右衛門が言う。

「それを持って下尾久村へ行き、聞き込みをするんだな？」

「そうだ。口上はこうだ――。わたくしは草紙屋薬楽堂の雇われ者でございますが、先頃主人が深酒をいたしまして道端で寝込んでいたところを、この似顔の方に家まで送っていただきました。お名前も訊かずにお帰しいたしまして、主に大層叱られました。そこで手前共で雇っている絵師に似顔を描かせまして、江戸市中を尋ね回っているのでございます」

「なんでぇ、そりゃあ」

　長右衛門は不満げに言う。

「わざわざ似顔まで描いて人捜しをしていることを誤魔化すには、草紙屋の名を使うのが一番だ」真葛は答えた。

「又蔵が範囲を広げて捜し出した十五軒の寮の周辺を当たれ。似顔の男を知っている者に行き当たったなら、『お礼をしたいということがほかから聞こえるのは無粋でございますゆえ、そのお方にはご内密に願います』と言って口止めをしておけ」

六

金魚は凄まじい速さで草稿を書いていた。

一刻《いっとき》で六、七枚。金魚の字は小さいので現代の原稿用紙に換算すると二十枚くらいであろうか。

書いているのは、椎葉の推当の鋭さに憧れてついに拐かしてしまう大店の若旦那の話である。

金魚が拐かされたと知った後、無念や真葛、長右衛門たちがどう動くかを推当てて書いているのであった。

作中で椎葉を捜すのは、父で南町奉行所同心の梶原彦左衛門と、若い同心の太田左内《おおたさない》。そして彼らの配下たちである。

一方、拐かされた椎葉の場面は、金魚が体験していることをほとんどそのまま書いた。椎葉はおぼこ娘であるから、一富士屋の件《くだり》は昼間に料理屋の庭の桜を眺めながら茶を喫するというものに変えた。

戯作を書く金魚の脳裏には、場面場面が芝居を見るように展開している。背景は書き割りではなく実景として見えていた。登場人物たちの顔は、芝居の役者だったり、薬楽堂の面々だったり、通りすがりに記憶に残った名も知らぬ通行人のものだったりした。

金魚の作業は時々中断された。用を足しに屏風の裏に入ったり、この家を任されている老爺、老婆が茶や食事を持ってきたり、短くなった蝋燭を取り替えに現れたりするからであった。慎三郎は家に戻っているのか姿を見せない。

戯作者仲間の中には、一度筆を止めるとなかなか次の一文字が書き出せないとぼやく者も多かったが、金魚は仕事が中断してもすぐに再開できた。

そんな金魚でも唯一、一文字も書けなくなる時がある。煙草が切れた時である。

長屋の自分の部屋で書いている時には、煙草盆の横にくわえっぱなしでも顎が疲れない長さの豆鉈煙管《まめなたぎせる》に煙草を詰めたものを十本ほど並べ、次々に火を点けて吸いながら筆を走らせる。今で言うチェーンスモークである。

しかし、座敷牢の執筆では最初、思うに任せなかった。

慎三郎から『金魚は手元に火種があれば、牢に火をつけて逃げようとするかもしれない』と言いつけられているからと、老爺が煙草を吸わせてくれなかったからである。

金魚は、『煙草が吸えなきゃ、草稿は書けない。草稿が書けなければお前が叱られる』と脅したが、老爺は頑なであった。

そこで金魚は大声で怒鳴り散らし『慎三郎を呼べ！』と畳を踏み鳴らし、板壁を叩いて暴れた。

困り果てた老爺は慎三郎を連れてきた。

金魚は草稿を書く時の喫煙がいかに重要かを切々と説き、『絶対に牢に火を点けるようなことはしない』と約束をして、煙草盆を牢内に入れてもらうことに成功したのであった。

老爺と老婆は交代で金魚を監視することになった。約束を破って火入れの炭で火をつけようとしたら水を浴びせるために、脇には手桶が三つ用意されていた。

金魚は、『水を用意しているんなら大丈夫だろ』と、手燭を二つ所望した。手元を明るくしないと字が見えづらいという理由であった。

二人は相談をして二つの手燭を牢内に差し入れた。

また金魚は、どうせ見張りだけで暇なのだからと、豆鉈煙管を十本求めてくるように命じ、さらに火皿に煙草を詰める仕事を二人に命じた。

ということで煙草盆の横には常に煙草を詰めた豆鉈煙管が十本用意され、金魚は煙草詰めの作業で筆を止めることなく執筆を続けているのであった。

閉め切りの座敷牢はすぐに煙草の煙で霞み始めた。老爺、老婆は、時々換気のために襖を開けた。

草稿の紙が二十枚を超えた所で、金魚は煙管を横ぐわえしたまま溜息をつき、筆を置いた。頭の中で展開していた芝居がぴたりと止まってしまったのだった。

「今、何刻《なんどき》だい？」

「かれこれ四ツ半（午後十一時頃）でございます」

老爺が言った時、開け放たれた襖から老婆が手桶と畳んだ寝間着を持って入ってきた。入れ替わりに老爺は座敷を出て行く。

「そろそろお休みになりませんと、体を壊します」

老婆は言って手桶を格子の間から牢の中に置いた。湯が満たされている。その横に手拭いが添えられた。体を拭くための湯であるようだった。

「そうだねぇ……」

金魚は立ち上がり、着物を脱いで全裸になり寝間着を肩に羽織る。湯に手拭いを浸して絞り、全身を清めた。

寝間着の前を合わせ、腰紐を締めて、金魚は着物を畳んだ。

「掻巻《かいまき》を持ってきてここで横になっておりますので、ご用の時には一声かけてくださいませ」

言って老婆はいったん座敷を出た。

金魚は布団に入って天井を見上げる。

話の続きが思いつかない――。

梶原彦左衛門と太田左内らは手掛かりを繋ぎ合わせて、椎葉が閉じ込められている屋敷の場所を突き止める。

椎葉は、自分を解放するようにと慎三郎を説得する。

そこまでは書いた。

だが、結末が思いつかないのである。

椎葉の現状は、そのまま金魚の現状であった。

このまま待っていれば、必ず無念や真葛、長右衛門らが助けに来てくれる。

その後、慎三郎をどうするか――。

奉行所に突き出すか？

しかし慎三郎は自分の戯作の、熱狂的な読み手である。眠り薬を飲まされて拐かされたのは業腹だが、死罪にされては寝覚めが悪い。それに、この事態を招いたのは自分の『どんな話が読みたいのか？』という問いかけがきっかけであったのだ。さりとて、見逃せばまた同じ事を繰り返すだろう。もっと思い詰めて今度は殺そうとするかもしれない――。

なにか上手い解決方法はないものか――。

ああでもないこうでもないと、頭の中で話を転がしているうちにどんどん目は冴えていく。

起きて続きを書こうにも思いつかない。

金魚は輾転反側《てんてんはんそく》を繰り返す。時ばかりがのろのろと進んでいく。

老婆は掻巻にくるまって微かな寝息を立てている。

「ちくしょう。気持ちよさそうに眠りやがって……」

金魚は起きあがって煙草盆の前に片膝を立てて座り、煙管を吸いつけた。

火皿が熱くなるたびに五回ほど煙管を取り替えながら煙草を吸うと、気分が落ち着いてきた。

しかし、結末は浮かばない。

そうしているうちに老婆が起き出し、座敷を出て茶の用意をして戻って来た。盆に茶と数切れの芋羊羹を載せた銘々皿を置いて、格子の間から差し入れる。

「ありがとうよ」

金魚は煙管の灰を捨てて芋羊羹を楊枝で切り、口に運ぶ。

口の中に広がる甘みが心地よかった。

三切れ四切れと食すうちに、最後をどう結ぶべきかが見えてきた。

「よし——。全部書き直しだ」

金魚は文机に重ねた草稿を破り捨てた。

老婆は「あっ」と言ったが、すぐに座り直して心配そうな目で金魚を見た。

「大丈夫だよ。あたしは筆が速いんだ」

金魚は新しい紙を文机に載せ、筆を走らせる。

頭に次々に文章が浮かび、筆に墨をつけるのももどかしく筆を動かし続けた。最初の草稿を書いている時より、数倍筆が速い。しかも字の乱れはなかった。

金魚は格子の間から左手で書き上げた紙を差し出す。右手は筆を動かし続けている。

「乾かしといておくれ」

金魚が言うと老婆は格子に駆け寄ってそれを受け取り、座敷の畳の上に置いた。

一枚書いては老婆に渡し、老婆は畳に並べる。

「墨が足りない。擦っとくれ」

金魚は文字を記す手を止めずに言う。

老婆はすぐに座敷を出て、文机と硯を持って戻って来た。

老婆は墨を擦り、牢の中に差し出すと金魚は墨が切れた硯を差し出す。老婆はその硯で墨を擦る——。

筆が走る音、墨を擦る音。老婆が紙を受け取り畳に置く音——。無言のままに執筆が続く。

そして——、畳の上に紙が四十枚ほど並んだ頃、金魚は筆を置いて右手首を揉んだ。

座敷牢に朝食の膳を持った慎三郎が現れた。

「お疲れさまでございます」

慎三郎は格子の前で膝を折り、一礼した後、膳を牢の中に差し入れる。

「できたよ」

金魚は牢の外に並んだ紙を顎で差した。

「さすが速筆の金魚さまです」

慎三郎は目を輝かせ、急いで畳の上の草稿を拾い集める。最後の数枚はまだ墨が乾いていなかったので、そのまま畳の上に残した。そして、燭台の前に移動して草稿を読み始める。

「主人公を替えましたか」

慎三郎は金魚を見てにっこりとした。

「気に入らないかい？」

「いいえ。こちらの方がずっとようございます――」

慎三郎は一文字一文字を確かめるように、ゆっくりと目を動かしている。途中で視線が止まり、また冒頭に戻ったりするので、金魚は眉をひそめた。

「あたしの文はそんなに読みづらいかい？」

「いいえ。金魚さまの文字や文章を味わっているのでございますよ。この文字は【春爛漫　桜下《おうか》の捕り物】の字でございます。最近の本は文字が違いますが、それ以前は金魚さまが筆工もなさっていたのですね」

草稿を読みながら答える慎三郎の顔には、なんとも言えない恍惚とした笑みが浮かんでいる。

薄気味悪いとも思ったが、それほどまでに自分の草稿を愛でてくれるというのは、存外、悪い気はしなかった。

「早く読み終えてしまうのはもったいのうございます」

物語に没入したのか、語尾は不明瞭になった。

読み終えるのは昼頃かねぇ――。

金魚はその様子を見ながら、朝餉の膳に箸をつけた。

朝早くから下尾久村を五人の者たちが歩いていた。無念、真葛、長右衛門、貫兵衛、又蔵である。手には夕月が描いた金魚のご贔屓さんの似顔絵と、又蔵が書き留めた大店の寮の位置を描いた絵図があった。

五人は手分けして、三軒ずつの寮の周りで聞き込みをしている。終わったならば大川の岸に舫《もや》った舟の所に集まって報告しあう手筈だった。

一面の田圃は刈り入れが始まっていて、あちこちに稲を束ねて稲架《はさ》に引っかけて干す作業をする百姓たちの姿があった。

無念が二軒の聞き込みを終えて三軒目の寮の聞き込みに取りかかった頃、日はだいぶ高くなっていた。

二町（約二一八メートル）ほど先に、生け垣に囲まれた大きな茅葺き屋根が見えた。背後に屋敷林をもつ、部屋数が七つ八つありそうな大きな屋敷である。日本橋高砂町の帳屋、益屋の寮であった。無念に割り当てられた三つ目の寮である。しかし、そこに金魚が捕らわれていることを無念はまだ知らない。

すぐ近くの百姓家の土間に握り飯を作る女たちの姿を見つけ、無念は声をかけながら庭に入った。

「ちょいとお訊ね申します」

無念は丁寧な言葉遣いで言ったが、乱れた総髪に無精髭の偉丈夫である。女たちは警戒の表情で無念を見た。先に回った家々でも家人は同じ反応を見せた。

髭くらい剃ってくるんだったぜ――。

眉をひそめたその顔を見るたびに、無念はそう思った。

自分は気にもせずに薬楽堂を出てきたが、真葛ならば気がついていたはずであるとも思った。

ひとこと言ってくれればちゃんとした身なりで来たのによう――。

いや、もしかすると真葛も他人のことなど気がつかない程に金魚を心配していたのかもしれない――。

そんな思いが無念の心を乱す。

そして二軒の聞き込みでたいした話を聞けなかったことも苛立ちをつのらせる。

そこに、またならず者でも見るような百姓たちの目つきである。

人を外見だけで判断しやがって――。

と腹も立ったが、ここで怒り出しては金魚を助けることができなくなると思い、愛想笑いを浮かべ、家にあまり近づかずに言葉を続ける。

「こんな風体をしておりますが、怪しい者ではございません。手前、通油町にございます、草紙屋薬楽堂の者でございます――」

無念は腰を低くして真葛に教えられた口上を述べた。そして似顔絵を差し出して振ると、一人の老女が土間を出てきた。

まだ警戒の表情を解かず、三間（約五・四メートル）ほども離れた所で立ち止まった老女は、目を細めて似顔絵を見た。

「ああ。益屋の若旦那に似ているなぁ」

老女はすぐにそう言った。

「益屋の若旦那——」

無念は近くに見える大屋根にちらりと目を向ける。やっと辿り着いた——。

「確かでございますか？」

「益屋の慎三郎さんだよ、たぶん。よく似ているから」

「それで、どこの益屋さんでございましょう？」

無念はあくまでも知らないふりを演じる。

「お店《たな》は日本橋高砂町で帳屋をなさっている益屋さんだが、すぐそこに寮があるよ。今朝、まだ暗いうちに入って行くのを見たから、若旦那はたぶん寮にいるよ」

「左様でございますか——。それで、寮の使用人の皆さまは何人くらいでございましょうね。いえ、これから戻りましてお礼の品を用意しようと思っているのでございますが、菓子の数が合わなければ失礼でございますから」

「なるほどねぇ。お店の人たちってぇのは、そういうところまで気を回すかい」老女は笑った。

「大勢が集まる時には何人か手伝いを近隣から雇うが、今は爺婆《じじばば》がいるばかりだよ」

「左様でございますか――」

無念は大きく肯き、老女に近づいて用意した小銭の包みを握らせ、口止めの言葉を言って念を押すと、頭を下げて庭を出た。

無念は小走りに益屋の寮の方へ向かった。

段取りでは、ご贔屓さんの寮が見つかったならばすぐに大川端の舟の所まで戻ることになっていた。その後、又蔵が屋敷に忍び込み、中の様子を探って、どう討ち入るかを評定するという手筈である。

しかし、すぐそこに建つ屋敷に金魚が押し込められていることが分かっていて、そのまま立ち去るのはどうにも気が咎めた。

無念は屋敷を囲む生け垣の陰に隠れて様子をうかがった。屋根の煙出しから白い煙が立ち上っているので、中に人がいるのは確かだった。

雨戸は開いていたが、縁側の奥の障子は閉じられている。物音は聞こえてこない。

土間の出入り口は開いている。薄暗いその中に人影は見えない。

忍び込んでみるか――。

無念は迷った。

爺婆だけなら、もし見つかったとしても口を塞いで縛り上げればいい。

しかし、慎三郎に気づかれ、金魚を人質に取られたらどうしよう――。

戯作の中では何通りにでも展開のしようはあった。ただし、助ける側が手《て》練《だ》れであるという条件がつけばだ。

ただの喧嘩ならばいざしらず、金魚に刃物を突きつけられたら、もう手出しはできない。

ちくしょう。やっぱり又蔵や貫兵衛の手を借りなきゃどうにもならねぇ――。

無念は歯がみをする。

その時、後ろから肩を摑まれて、無念は跳び上がるほど驚いた。辛うじて掌で口を塞ぎ、叫び声を上げるのを堪えた。

さっと後ろを振り返ると、長右衛門と貫兵衛、又蔵がしゃがみ込んでいた。

「どうしてぇ。なんでここにいる？」

無念は小声で訊いた。

「それはこっちの台詞だぜ」長右衛門も小声で返す。

「大川端の舟の側で落ち合う約束だろうが。遠くからお前ぇの姿が見えたから来たんだ」

「三人ともか？」

無念が訊くと、又蔵が無念の側に近寄った。

「似顔絵が益屋の若旦那に似ていて、ここに寮があることを聞き込んで、大旦那と貫兵衛さんに知らせたんでござんす。それで三人で大川端に向かっている時に、無念さんを見《め》っけたんで」

「お前、一人で討ち入るつもりであったのか?」

貫兵衛が咎めるように訊く。

「いや……。そう思ったが、金魚を人質に取られたらどうしようもないと考え直したところだ」

「そいつは賢い選択でござんした」

又蔵がにやりと笑った。

「で、どうする?」無念が訊く。

「待ち合わせ場所まで行くのか? 手勢はもう揃っているんだ。すぐにでも討ち入ろうぜ」

「うむ――」長右衛門は唇を引き結び、眉間に皺を寄せる。

「真葛さんとの約束がなぁ――」

「そう言っている間にも、金魚が手込めにされるかもしれないんだぜ」

「手込めにするつもりなら、とうにしているだろうよ」

長右衛門が言った。

無念の唇が震えた。

金魚は以前、吉原の遊女であった。数え切れないくらいの男たちと体を重ねてきたことだろう。しかし、それとこれとは話が違う。

「薄情なことを言ってるんじゃねぇよ！」

無念は思わず声を荒げると立ち上がった。

「おい、無念！　落ち着け！」

長右衛門は慌てて無念の袖を引っ張る。

「やかましいやい！」

無念は長右衛門の手を振り払って生け垣を飛び越え、屋敷の庭に走り込んだ。

七

慎三郎は長い長い溜息を吐いて、草稿を畳の上に置いた。

座敷には格子を挟んで金魚と慎三郎の二人きりであった。

慎三郎は、牢内の金魚に目を向ける。

「これで終わりでございますか？」

金魚は煙管を吹かしながら答える。

「そうだよ」

「金魚さまは牢に入ったまま。そして、慎三郎は金魚さまが書いた草稿を畳に置いた
――。そこまででございます」

金魚が書き直した草稿は、この事件の初めから慎三郎が草稿を読み終えるところまでを描いたものであった。

「なぜそこで筆を置いたか分からないかい？」

金魚はぷかりと煙を吐く。

「さて――」

慎三郎は小首を傾げる。

「最初は、椎葉を主人公に、この出来事をだいぶ脚色して書いた。二十枚ほど書いた所で行き詰まった。そして、最初から書き直さなきゃならないと気づいた。なぜだと思う？」

「分かりかねます――」

「こいつは椎葉の物語じゃないと気づいたんだよ。だから主人公を金魚に替えた。だけど、金魚を主人公にしても、慎三郎をどうするかがどうにも決まらなかった。どうしてか分かるかい？」

「慎三郎の末路は二つに一つ。このまま金魚さまを閉じ込めて、ずっと草稿を書いてもらうか、あるいはなにかの拍子に金魚さまに逃げられて、捕り方に捕らえられ、死罪になるかでございましょう」

慎三郎の口元には穏やかな笑みが浮かんでいる。

「いや違うね。慎三郎の誤算は、薬楽堂の連中が一枚も二枚も上手だったってことだ。

このままじゃ慎三郎は必ず捕らえられて、死罪になる。だけど、金魚は慎三郎に死罪になって欲しくない――。だから結末が書けなかった。あたしは後味の悪い戯作は書きたかないからね」

「……」

慎三郎は無言で金魚を見つめている。口元の笑みは消えていた。

「こいつはあんたとあたしの物語だ。あたし一人じゃ完成しないんだよ。あたしは自分の思いを四十枚の草稿にしたためた。慎三郎は金魚の思いを読んでなにを考えるか――。それはあんたが書かなければならない物語だ。あたしには一文字も書けやしないんだよ。さぁ、次はあんたの番だ。続きを書いてくんな」

「わたしにはその才は無いと申し上げました……」

「あたしが手ほどきするって言ったろう」

慎三郎はつっと視線を逸らしてゆっくりと言った。

「わたしにしか書けない物語でございますか――」

「そうだよ」言った金魚は照れたように笑った。

「なんだかさぁ、それを書いているうちは、長い長い恋文を書いているような気分だった。それだけ、思いの丈を込めたってことだろうねぇ。だからって、あんたなんかに惚れたわけじゃないよ。勘違いはしないでおくれよ」

「勘違いはいたしませんよ」慎三郎はふっと微笑む。

「わたしは金魚さまに酷いことをしているのでございますから」

「わたしは恋文を書いている気分でそれを書いた。だから素敵な返事を書いておくれ」

金魚は煙管の灰を落とした。

無念は土間の出入り口に飛び込んだ。

後ろから長右衛門、貫兵衛、又蔵が続く。

板敷の奥の常居《じょうい》に三人の人影があった。

障子越しの柔らかい明かりに照らされていたのは、金魚と老爺、老婆であった。

老爺と老婆は、無念たちの姿を見ると、さっと平伏し、

「申しわけございませんでした！」

と畳に額を擦りつけた。

無念はそんな二人には目もくれず、思いがけず現れた金魚を見つめたまま言葉を失い、板敷に片脚をかけて動きを止めた。

金魚は髪にも着衣にも乱れはなく、凛とした佇まいで無念たちに微笑を向けている。

「金魚……」

無念の口からやっと出た言葉はそれだけだった。

捕らわれているはずの金魚が、けろっとした顔をしているので、長右衛門らも呆気

にとられた顔をして立ち尽くしている。

「お疲れさま」

金魚はにっこりと笑って、無念の横を擦り抜けて、土間に揃えられた自分の草履に足を入れた。

「大丈夫か？　怪我はねぇか？」

無念は外に出る金魚を追う。長右衛門らも慌ててそれに続いた。

「慎三郎はどうした？」

貫兵衛が訊いた。

「座敷牢の中さ」

金魚は外に出ると眩しそうに空を眺めた。

「徹夜明けはお天道さまが眩しいねぇ」

「徹夜明け……」無念は金魚に並んでその横顔を見ながら上擦った声で訊いた。

「徹夜でなにをしてたんでぇ？」

金魚はくるっと無念の方に顔を向けて、

「知りたいかい？」

と悪戯っぽい笑みを浮かべる。

無念は、何事もなかったかのような金魚の様子に、『こっちの気も知らねぇで』と不機嫌になった。

「知りたくもねぇ！」

と無念は金魚を追い越して歩き出す。

「おれは知りたいぜ」今度は長右衛門が金魚に並ぶ。

「いったいなにがあったんだ？」

「慎三郎は戯作を書かせるためにあたしを拐かして座敷牢に閉じ込めたのさ。それで、慎三郎は今、座敷牢に閉じ籠もって戯作を書いているよ。これからしばらく、戯作の手ほどきをしなきゃならない。ただし、みんなが心配するだろうから泊まりはなしで、通いでね」

「なんだ、そりゃあ」

長右衛門は頓狂な声を上げた。


金魚たちが土手に上がると、眼下の川岸に舫われた舟に真葛の姿が見えた。船頭と共に船底に座って煙管を吹かしている。

「真葛さん」

金魚が声をかけて土手を駆け下りると、

「きっとそんなこったろうと思ったよ」

と真葛は返した。

「そんなこったろうって？」

金魚は舟に乗り込みながら訊く。

「わたしより足が速いはずの三人がまだ来ない。こりゃあ示し合わせて金魚を助けに行ったなってさ」

真葛は煙草入れを金魚に差し出し、「吸うかい。国分《こくぶ》の上物だよ」と付け足した。

花模様の天鵞絨《ビロード》の叺《かます》と煙管入れが銀の飾り鎖で繋がれた、いつもの煙草入れである。

「ありがとうよ」

金魚は煙草入れを受け取り、自分の煙管に煙草を詰めた。舟の煙草盆の火入れで吸いつける。

「ああ、美味い。ほんと、上物だね」

金魚は空に煙を吐き出す。

「すまなかったな。約束を破っちまって」

長右衛門は申しわけなさそうに頭を下げながら舟に乗る。無念、貫兵衛、又蔵も続いた。

「構わないよ。こういうことは臨機応変に行かなきゃならない。あんたらが今こそと思った時が好機だったのさ。上手く金魚を連れ出せたからいいじゃないか」

真葛は言った。

「それがね、そうじゃなかったんだよ」

金魚は船頭に舟を出すように指示した後で子細を語った。

舟は岸を離れ、行き交う荷船の中に交じって川を下る。

千住大橋をくぐり浅草橋場町の船渡場を過ぎたあたりで金魚は話を締めくくった。

「そうかい。益屋の若旦那は自ら座敷牢に入ったかい」

真葛は言った。

「逃げ出せないようにって笑いながら入りやがったよ」

「物分かりのいい男でよかったな」

「ほんとに。そうじゃなきゃ、乗り込んできた無念たちにとっ捕まって奉行所送り。死罪は決まりだったからね」

「そっちかい」真葛は笑う。

「やけっぱちになった慎三郎に殺されるとは思わなかったかい。劇作の中や推当では人の心を上手く読むくせに、自分に関わる者のこととなると、からっきしだね。不思議なもんだ」

「これでも少しは人を見る目がついてきたつもりだよ。慎三郎はあたしを殺せなかったさ」

「人を見る目がついてきたんなら、慎三郎に騙くらかされることもなかったろうぜ」

無念が鼻で笑う。

「そりゃあ、そうだけどさ」金魚は膨れた。

「人を殺せる奴か殺せない奴かの見極めはできるようになったってことさ」

言いながら、金魚は真葛の煙草入れからもう一つまみ煙草を取る。それを煙管に詰めて吸いつけると、煙草入れを真葛に返した。

「まぁ、なんにしろよかった」長右衛門が言った。

「今夜はみんなで飲むか」

「おっ。嬉しいね。どこの料理屋だい？」

金魚は煙を吐き出しながら訊く。

「ばかぬかせ。料理屋に繰り出す金がどこにある。おれんとこの離れに決まってるだろうが。酒は用意してやるから、料理はお前らで持ち寄れ」

長右衛門の言葉を聞きながら、真葛は金魚から受け取った煙草入れをじっと見つめている。

そして、一言。

「その宴、わたしは欠席だ」

「なんで？」

怪訝な顔を向ける金魚の手を取り、真葛は自分の煙草入れをその掌に載せた。

金魚は眉根を寄せて真葛と煙草入れを見た。

「仙台に帰ろうと思っている」

真葛はゆっくりと言った。

「えっ？」

金魚たちは揃って驚きの声を上げた。

「なんでぇ。おれたちが真葛さんをのけ者にして、金魚を助けに行ったからかい？」

長右衛門の表情は強張っている。

「違うよ」真葛は笑って片手を振った。

「最近ずっと考えていたことさ。わたしが薬楽堂で心地よく過ごしていられたのは、客だからだって気がついた。客がいればいらぬ気を遣う。そのせいでお前さんたちの仲がぎくしゃくするのも気の毒でさぁ」

「だけど真葛さん――」長右衛門がおろおろと言う。

「【独考《ひとりかんがえ》】の出版はどうするんでぇ。諦めるのかい？」

「それさ」真葛は真剣な顔になって長右衛門を見た。

「【独考】を世に出そうと思い詰めるあまり、わたしは大それたことをしかけちまった。修業が足りないんだよ。江戸に居続ければ、またあいう邪な考えに心を奪われちまうかもしれない」

「だから、怪談本を書いて足元を固めて――」

長右衛門の言葉を真葛は遮った。

「わたしは老い先短い婆ぁだ。そんな悠長なことはしてられない――」真葛の顔に寂しげな笑みが浮かんだ。

「江戸にいると、物書きたちが眩しくってさ。焦りが出ちまうんだよ。一度、仙台に戻ってしっかりと肝を据え、余生をどうすべきかを考えなきゃならない」

男連中はなにも言えず、おろおろした様子で互いの顔を見る。誰かが真葛を引き止めてくれることを期待したが、誰も言葉を見つけられずにいた。

幼い頃から心惹かれていた長右衛門はともかく、ほかの男たちは婆ぁだのなんだのと、時に悪口を言っていたが、別れを告げられて初めて、自分たちもまた真葛を好ましく思っていたのだと気がついたのである。

なんとか真葛を翻意させたいが、説得できる自信はまるでない。

ここは金魚が頼りだとばかりに、男たちはすがりつくような目を向けた。

しかし金魚は、

「いやいや、箒に姉さんかぶりをさせて逆さに置かれる前に帰《け》ぇろうって思ったんだろう」

とまぜっかえすように言う。

そうじゃなくて、なんとか真葛さんを止めるんだよ――。

男たちは情けない顔をして拳を握りしめる。

「まぁ、突きつめればそういうことかもしれないね」真葛はさばさばした口調で言った。

「うるさい婆ぁが居座っちゃ嫌われる。たまにふらっと訪ねてくる婆ぁにはしばらくは優しくしてくれるだろうからね」

「で、これは婆ぁに優しくしてやったお礼かい？」

　金魚は真葛の煙草入れを見る。

「男衆には仙台からなにか送るよ」

「そんなこたぁ、どうだっていいよ……」困り果てた顔で無念が口を開く。

「なんにもいらねぇからさぁ、もう少し江戸に——」

　言いかけた無念の口を、金魚は人差し指で押さえた。

　そして、ことさらに明るい声で、

「それじゃあ、取っ替えっこといこうじゃないか」

と言うと、金魚は自分の花鳥文の煙草入れを帯から取って差し出した。

「男持の銀延べよりも、真葛さんには華奢な女持《めもち》が似合うよ」

　金魚に言われて、真葛は受け取った煙草入れから煙管を抜いてみる。

「象牙が綺麗に染まってるねぇ。この使い込み具合も婆ぁにはお似合いだ」

　真葛はからからと笑った。

「宴に出ないってのは、これからすぐに江戸を発つってことかい？」

　金魚は訊いた。

「そのつもりで、世話になっている南飯田町の屋敷の荷物をまとめてきた」

「そいつは水臭いよ。せめて、今夜の飲み会を別れの宴にしようよ。これから戻って屋敷を出れば、千住あたりで一泊しなきゃならないよ。それなら、明日出ても一緒だよ」

「ばか。婆ぁは涙もろいんだ」

　真葛は一瞬、困ったような顔になった。これは本音だと金魚は思った。

「真葛さんの涙、見てみたいよ」金魚は真葛の手を取る。

「それにさ、みんなで飲んで騒げば、真葛さんも心変わりをしてくれるかもしれないじゃないか」

「心変わりなんかしないよ」

　真葛は微笑みながら言った。目には決然とした光があった。

「それなら、別れの宴をさせてくれてもいいじゃないか。別れの杯も交わさずに仙台に戻ったら、こっちではずっと真葛さんは意気地なしだって散々に悪口を言うよ。次に来た時にゃあ、居心地が悪くなってる」

「それは、困るな」

　真葛は苦笑を浮かべた。

「よし。決まりだ。真葛さんの荷物は、あたしの長屋に運ぼう。それで、今夜はたっぷり名残を惜しみ、あたしの家に泊まる。明日の朝、千住大橋の袂まで見送るよ。ね、いいだろ？」

　金魚は握った真葛の手を振る。

「それじゃあ、そうさせてもらうかね」

真葛は諦めたように言った。

男連中は一斉に安堵の溜息をついた。宴に出てもらえるならば、まだ真葛を翻意させる機会はある。

舟は大川橋の下をくぐった。

「船頭さん。築地の南飯田河岸へやってくんな。まずは真葛さんの荷物を取って来よう」

「へい」

船頭は返事と共に櫓を漕ぐ手を速め、舟は速度を上げた。

「船頭。ゆっくりとやってくれねぇか」無念が長右衛門の方にちらりと目をやりながら言った。

「名残を惜しみてぇんだよ」

「こいつは、気がつきやせんで……」

船頭は漕ぐ手を緩める。

何艘もの荷船が追い越して行く。

前方に浅草御蔵の白壁が見えてきた。

それぞれの思いを乗せて、舟はゆっくりゆっくり晩秋の川を下って行った。

■参考文献

和本入門　千年生きる書物の世界　橋口侯之介　平凡社ライブラリー
江戸の本屋と本づくり【続】和本入門　橋口侯之介　平凡社ライブラリー
和本への招待　日本人と書物の歴史　橋口侯之介　角川選書
江戸の本屋さん　近世文化史の側面　今田洋三　平凡社ライブラリー
和本のすすめ　江戸を読み解くために　中野三敏　岩波新書
書誌学談義　江戸の板本　中野三敏　岩波現代文庫
絵草紙屋　江戸の浮世絵ショップ　鈴木俊幸　平凡社選書
只野真葛　関民子　吉川弘文館人物叢書新装版

また、執筆にあたり、神田神保町 誠心堂書店店主・橋口侯之介氏には、今回も大変有益な助言をいただきました。御礼申し上げます。

なお、フィクションという性質上、参考資料やご助言をあえて拡大解釈し、アレンジしている部分があります。

本作品は、だいわ文庫のための書き下ろしです。

平谷美樹（ひらや・よしき）
1960年、岩手県生まれ。大阪芸術大学卒。中学校の美術教師を務める傍ら創作活動に入る。2000年『エンデュミオンエンデュミオン』で作家としてデビュー。同年『エリ・エリ』で小松左京賞を受賞。2014年、歴史作家クラブ賞・シリーズ賞を受賞。著書に「風の王国」「ゴミソの鐵次　調伏覚書」「修法師百夜まじない帖」「貸し物屋お庸」シリーズ、『でんでら国』『黄泉づくし』『江戸城　御掃除之者！』『鉄の王　流星の小柄』等。ホラー、歴史小説ともに著書多数。

だいわ文庫

草紙屋《そうしや》薬楽堂《やくらくどう》ふしぎ始末《しまつ》
絆《きずな》の煙草《たばこ》入《い》れ

著者　平谷《ひらや》美樹《よしき》

二〇一七年五月一五日第一刷発行
二〇一七年六月一〇日第二刷発行

発行者　佐藤靖
発行所　大和《だいわ》書房
東京都文京区関口一―三三―四　〒一一二―〇〇一四
電話　〇三―三二〇三―四五一一

フォーマットデザイン　鈴木成一デザイン室
本文デザイン　松昭教(bookwall)
本文印刷　シナノ
カバー印刷　山一印刷
製本　小泉製本

ISBN978-4-479-30653-5
乱丁本・落丁本はお取り替えいたします。
http://www.daiwashobo.co.jp